Melodier av Livet

Sofie Fonovich

Förlag: BoD · Books on Demand, Stockholm, Sverige

Tryck: Libri Plureos GmbH, Hamburg, Tyskland

ISBN: 978-91-8080-741-8

Sättning och formgivning:

Dennis Klarin Design, dennisklarin.se

En värld i Neon

Det var 1984, och världen skimrade i neonrosa och turkost. Radions toner fyllde varje hörn av hemmen, där syntarna dansade i takt med trummaskinernas monotona rytmer. I ett litet samhälle strax utanför Stockholm levde 15-åriga Mia Lindberg, en tjej med stora drömmar och ännu större lockar. Hennes hår, permanentat till perfektion, studsade i takt med hennes steg när hon gick ner för den lilla gågatan som ledde till hennes skola. Mia älskade allt med 80-talet, från Madonna och The Peach Mode till benvärmare och oversize-kavajer med axelvaddar. Hon var tjejen som alltid hade ett kassettband redo i sin Walkman och drömde om att en dag bli en del av den glamourösa världen hon såg på MTV. Men trots den glittrande ytan hade hon sina bekymmer, precis som alla andra tonåringar.

Mia var inte särskilt populär i skolan. Hon var inte den tjejen som blev inbjuden till de största festerna, och hon var definitivt inte den som stod längst fram i klassrummet. Men hon hade sin bästa vän, Lotta, och tillsammans kändes det som att de kunde ta sig igenom allt. De delade allt från hemligheter om förälskelser till drömmar om framtiden. Just nu drömde Mia om att ta sig till Stockholm och gå på den största discoklubben i staden, "Neon Palace". I skolan var dagarna fyllda med lektioner, men Mia drömde alltid om något större. På rasterna kunde hon och Lotta smita iväg till centrum och bläddra i tjejtidningar på Pressbyrån. Sidorna var fyllda med färgglada bilder av kändisar, och varje gång Mia såg dem väcktes något inom henne. Hon ville också stå i rampljuset, inte som modell eller skådespelerska, men kanske som sångerska? När hon satt hemma i sitt rum på kvällarna brukade hon sjunga med till sina favoritlåtar, med hårborsten som mikrofon och en imaginär publik framför sig.

Men Mias verklighet var mer grå än neon. Hennes föräldrar kämpade med pengar och hennes pappa hade precis förlorat sitt jobb på fabriken. Hennes mamma jobbade långa skift på ett äldreboende och hade sällan tid över till Mia. Hemmet kändes som en plats där luften var tung, och Mia längtade efter att få andas fritt.

Neon Palace

Efter månader av sparande, skolk och smygrökning bakom skolan fick Mia och Lotta äntligen ihop tillräckligt med pengar för en kväll på Neon Palace. Det var som att kliva in i en annan värld. Ljuset, musiken, folket, allt var så mycket större och mer magiskt än Mia någonsin kunnat föreställa sig. Hon stod i mitten av dansgolvet och kände basen pulsera genom kroppen, nästan som om hela universum rörde sig i takt med musiken. Den natten blev en vändpunkt för Mia. För första gången kände hon att hon faktiskt var någon, någon som hade potential att bli vad som helst. På väg hem i nattbussen tillbaka till förorten, med huvudena lutade mot fönstret och fötterna ömma efter timmar av dans, viskade Mia till Lotta "Jag ska ta mig härifrån. Jag ska bli någon."

Med nyfunnen motivation började Mia jobba hårdare på sina studier, men hennes tankar snurrade fortfarande kring drömmarna om att bli något mer. Hon började skicka in demos till skivbolag, skrev låtar på kvällarna och tillbringade helgerna i Stockholm med Lotta, på jakt efter nya äventyr. Vägen till framgång skulle inte bli enkel, men Mia var redo att kämpa. Våren 1986 kom med förändringar. Lotta fick en pojkvän och började drömma om att skaffa familj, medan Mia bara såg framtiden som en plats för drömmar som ännu inte blivit verklighet. Vänskapen mellan dem började sakta glida isär, men Mia förstod att det var en del av livet. Hon kunde inte stanna kvar. Stockholm, musiken och framtiden kallade på henne. När 80-talet började lida mot sitt slut, hade Mia äntligen börjat hitta sin plats i världen. Hon fick ett jobb som DJ på en lokal radiostation och arbetade samtidigt på sin musik. Hon hade långt kvar att gå, men hon visste att hon var på rätt väg. Hennes glittrande neonkläder kanske byttes ut mot något mer subtilt, men drömmen om att lysa starkt fanns kvar. Den sista gången Mia och Lotta träffades var en varm sommardag 1989, på det lilla kaféet de brukade hänga på efter skolan. De satt tysta en stund, blickade ut över gatan och mindes gamla tider. Men när de reste sig för att säga hejdå, visste Mia att det var mer än bara en vänskap som nu låg bakom henne. Det var hela den tidens slut.

Med en sista blick på staden hon växt upp i, klev Mia på tåget mot Stockholm. Neonljusen må ha bleknat, men hennes drömmar brann klarare än någonsin.

En ny början

Året var 1990, och en ny era hade börjat. Kalla kriget var över, gränserna öppnades, och världen kändes plötsligt större, men ändå närmare. Mia hade tillbringat sina första månader av det nya decenniet med att försöka hitta sin plats i en värld som förändrades runt henne. Neonljusen hade bleknat och blivit ersatta av en mer dämpad palett, grunge-stilen började svepa över världen, och syntpopen hon älskat blev sakta utkonkurrerad av råare toner. Mia, som nu fyllde 21, hade fortfarande sitt jobb på den lokala radiostationen, men hon kände sig rastlös. Livet i Stockholm var inte riktigt det äventyr hon hade förväntat sig, och trots att hon hade fått in några av sina egna låtar i stationens rotation, hade hennes musikaliska karriär stannat upp. Musikbranschen var tuffare än hon trott, och hon insåg att bara vilja bli någon inte alltid räckte.

Men en dag fick hon ett oväntat telefonsamtal från Lotta. De hade inte pratat på flera år, och Mia kände en viss oro när hon svarade. Lottas röst var lika varm som förr, men det var något annorlunda med henne. Hon berättade att hon hade gift sig och fått sitt första barn, men nu funderade hon på att lämna förorten och flytta till Stockholm. Livet som mamma hade inte blivit som hon tänkt sig, och Lotta drömde om att få jobba som frisör i huvudstaden.

"Jag saknar dig, Mia", sa Lotta tyst. "Jag saknar oss."

Mia insåg hur mycket hon också saknade Lotta. Det fanns ett tomrum i hennes liv som ingen annan kunde fylla. De bestämde sig för att ses på sitt gamla kafé, och när de återförenades kändes det som om ingen tid alls hade gått. De satt i timmar och pratade om livet, kärlek och förlorade drömmar. Men mest av allt pratade de om framtiden. Efter mötet med Lotta började Mia tänka på sitt eget liv på ett nytt sätt. Hon hade alltid trott att hon behövde bli en stor stjärna för att bli lycklig, men kanske fanns det andra sätt att nå sina drömmar. Hon började engagera sig mer i sitt jobb på radiostationen och skapade ett eget program där hon intervjuade uppkommande artister från Stockholms underground-scen. Det var inte den glitterfyllda värld hon en gång drömt om, men det var något äkta. Något som betydde något. Under en av sina intervjuer träffade hon Johan, en gitarrist i ett lokalt grungeband. Hans musikstil var så långt från Mias syntpop som man kunde komma, men det var något med honom som fångade hennes uppmärksamhet. De började ses utanför jobbet, och snart var de mer än bara kollegor. Johan var inte bara någon som förstod hennes passion för musik, utan han utmanade också hennes sätt att se på världen.

"Du behöver inte lysa starkast för att göra skillnad, Mia",
sa han en kväll när de satt på en parkbänk i
Vitabergsparken. "Det är viktigare att göra något du
verkligen älskar."

Mia insåg att han hade rätt. Kanske handlade livet inte
om att jaga berömmelse, utan om att hitta sin egen väg.
Och för första gången på länge kände hon sig fri från
pressen att bli "någon". Hon var redan någon.

Vänskapens återkomst

Lotta flyttade in i en liten lägenhet på Södermalm och började arbeta på en frisörsalong i närheten. Trots att deras liv såg väldigt olika ut, fann Mia och Lotta tillbaka till varandra på ett sätt de aldrig hade gjort tidigare. De var äldre nu, hade gått igenom sina egna sorger och förluster, men det band som knöt dem samman var starkare än någonsin.En kväll när de satt hemma hos Mia och drack vin, kom de in på gamla minnen. Lotta skrattade och berättade om den första gången de smög in på Neon Palace, och hur de då trodde att hela världen låg framför deras fötter. De pratade om drömmarna de haft som unga, och hur livet hade tagit dem på andra vägar än de trott.

"Vi kanske inte blev de där superstjärnorna vi drömde om", sa Mia och skrattade. "Men vi har varandra, och det räcker långt." Lotta log och höll upp sitt glas. "För oss", sa hon, och de skålade för vänskapen, för drömmarna och för den framtid de fortfarande hade framför sig.

Tiden gick, och Mia började känna sig mer hemma i sig själv än någonsin tidigare. Hennes radioprogram växte i popularitet, och hon blev känd som en av Stockholms mest inflytelserika musikjournalister. Hon fick möjligheten att intervjua några av de största artisterna i världen, men det var fortfarande de lokala, okända musikerna hon älskade mest att lyfta fram. Johan och hon flyttade ihop i en liten lägenhet på Södermalm, och deras liv tillsammans fylldes med både musik och kärlek. Det var inte det glamorösa liv hon en gång föreställt sig, men det var hennes liv. Och det var mer än tillräckligt. En kväll, när Mia satt vid sitt skrivbord och lyssnade på en ny demo som hon fått från en ung, lovande sångerska, insåg hon att hon äntligen hade uppnått sina drömmar. Inte på det sätt hon en gång trott, men på ett sätt som var ännu bättre. Hon hade hittat sin egen plats i världen, sin egen röst och sitt eget sätt att lysa. Kanske, tänkte hon medan hon log för sig själv, var det precis så här livet skulle vara fullt av oväntade vändningar, men ändå alltid på väg mot något bättre.

En ny röst

Det hade gått fem år sedan Mia och Johan gift sig, och deras liv på Södermalm var stabilt och fyllt av kärlek och musik. Men trots att Mias radioprogram hade blivit populärt och hon älskade sitt arbete, började en ny känsla gro inom henne. Det var som om något saknades, något hon inte hade vågat erkänna för sig själv tidigare.

En kväll när hon satt med Johan på balkongen, under en klar stjärnhimmel, vågade hon säga det högt. "Jag vill göra musik igen," sa hon, nästan överraskad över sina egna ord. "Inte bara spela andras låtar på radion. Jag vill skriva, sjunga... skapa." Johan tittade på henne och log, som om han väntat på att hon skulle komma till den insikten själv. "Då gör vi det. Vi skapar något tillsammans."

Mia kände hur en våg av inspiration sköljde över henne. Det var som om alla år av erfarenheter, vänskap och kärlek hade lett fram till detta ögonblick. Hon hade hållit tillbaka sin egen kreativitet för länge, trott att hennes tid som artist var över. Men nu, med stöd från Johan och hennes vänner, började hon tro att det kanske var dags att ta ett nytt steg. Mia och Johan började experimentera med musik hemma i sin lägenhet. Det var inte längre den glittriga syntpopen från hennes ungdom, men det var något mer moget, något som reflekterade den person hon blivit. Deras musik blandade element från 80-talets pop och 90-talets grunge, men med en ny, modern twist. De spelade in några demos och började visa dem för vänner och kollegor i musikbranschen.

Reaktionerna var överväldigande. Mias röst, som en gång tystnat, hade återuppstått, och nu var den starkare och mer självsäker än någonsin. Folk älskade den ärlighet och råhet som hennes nya musik förmedlade, och snart började radiostationer runt om i Stockholm spela hennes låtar. Men för Mia var det inte längre berömmelsen som drev henne. Det var känslan av att ha hittat tillbaka till sig själv. Hennes nya musik speglade alla de upplevelser hon gått igenom från ungdomens längtan och rastlöshet, till den kärlek och stabilitet hon funnit i sitt liv med Johan. Med tiden började Mia och Johans projekt växa. Deras band, som de döpt till "Echoes of Neon", fick snabbt ett följe, och deras låtar spelades på klubbar och festivaler runt om i landet. De spelade på mindre scener, men varje gång kändes det som en seger för Mia. Att stå på scen och känna publikens energi var en påminnelse om varför hon älskat musiken från början.

Lotta, som alltid varit Mias största supporter, fanns vid varje konsert. Hon hade till och med börjat hjälpa Mia och Johan med bandets marknadsföring, och hon njöt av att få vara en del av något så kreativt. En kväll, efter en konsert på en liten klubb i centrala Stockholm, fick Mia ett samtal från en av de största musikfestivalerna i

Sverige. De ville att Echoes of Neon skulle uppträda på deras huvudscen nästa sommar. Det var en enorm möjlighet, något Mia aldrig hade vågat drömma om. Men nu, med stöd från Johan, Lotta och hela bandet, kände hon sig redo.

Festivalen

Sommaren 1997 anlände, och Echoes of Neon stod inför sitt största framträdande hittills. De hade arbetat hårt för att förbereda sig, och Mias nervositet blandades med en känsla av triumf. När de gick ut på scenen och såg ut över den stora publiken, fylldes Mia av en känsla av tacksamhet. Hon hade gått igenom så mycket för att komma hit, och nu stod hon på en scen där hon alltid drömt om att vara men på sina egna villkor. Musiken fyllde luften, och Mia sjöng från djupet av sitt hjärta. Publiken sjöng med, och varje ton kändes som en bekräftelse på att hon hade hittat rätt. När den sista låten tonade ut och applåderna ekade över festivalområdet, visste Mia att hon hade nått sin sanna framgång. Inte den framgång hon hade jagat som ung, men en djupare, mer meningsfull framgång. Hon hade blivit en del av musiken igen, på sitt eget sätt.

Efter festivalen fortsatte Echoes of Neon att spela och skapa musik, men Mia hade lärt sig en viktig läxa. Hon visste nu att livet inte handlade om att hela tiden jaga efter något större eller bättre. Det handlade om att uppskatta det man hade, att omfamna de små ögonblicken av lycka och skapa något meningsfullt där man stod.

Lotta hade öppnat sin egen frisörsalong i Stockholm, och deras vänskap hade aldrig varit starkare. De träffades ofta, skrattade åt gamla minnen och planerade framtida äventyr tillsammans. Johan och Mia hade också börjat prata om att kanske skaffa barn, men de var inte brådskande. De ville njuta av varje steg på vägen och inte känna någon press. En kväll satt Mia vid sitt fönster, tittade ut över staden som hade blivit hennes hem, och tänkte på den tjej hon en gång varit en 15-åring med stora drömmar och permanentat hår, som hade dansat sig igenom nätterna på Neon Palace. Hon log för sig själv och kände en djup tacksamhet för resan som tagit henne hit.

Livets nya rytm

Åren gick, och Echoes of Neon fortsatte att spela, men tempot hade förändrats. Mia och Johan hade bestämt sig för att starta en familj, och deras lilla dotter, Elsa, föddes en strålande vårdag år 2000. Livet som föräldrar förändrade deras fokus. Musiken fanns fortfarande där, men nu flätades den samman med nappflaskor, blöjbyten och sömnlösa nätter. Mia kände en ny form av kärlek och mening i sitt liv. Elsa blev centrum för hennes värld, och hon upptäckte att moderskapet gav henne en ny källa till inspiration. Hon började skriva låtar som reflekterade de känslor och utmaningar hon nu upplevde som mamma, kärlek, oro, glädje och den konstanta balansen mellan att vara artist och förälder.

En dag satt hon med gitarren i famnen medan Elsa lekte på golvet, och en ny melodi började ta form. Texten handlade om att växa, om att släppa taget om ungdomens drömmar för att finna något ännu större i de enkla, vardagliga stunderna. Johan kom in i rummet, lyssnade på hennes nya låt och log. "Den är fantastisk," sa han. "Kanske din bästa hittills." Mia visste att musiken alltid skulle vara en del av henne, men nu var det något djupare. Det var inte längre en flykt från verkligheten, utan ett sätt att omfamna den.

När Elsa blev äldre började Mia känna sig redo att återvända till scenen på riktigt. Johan, som också saknade liveframträdandena, föreslog att de skulle göra en comeback men den här gången på deras egna villkor. Ingen jakt på berömmelse, ingen press att slå igenom stort, utan bara ren kärlek till musiken och glädjen i att spela tillsammans. Echoes of Neon hade förlorat lite momentum under de första åren med Elsa, men deras fans hade inte glömt dem. När de annonserade sin comeback-konsert på en liten klubb i Stockholm sålde biljetterna slut på några timmar. Lotta var den första att köpa en biljett och var så klart med på första raden, precis som hon alltid hade varit.

Den natten på klubben var magisk. Mia, Johan och resten av bandet klev upp på scenen med en ny energi. Publiken var med dem från första ackordet, och Mias röst fyllde rummet med en kraft som nästan överraskade henne själv. Det var inte längre bara musik det var hennes livs historia i toner och ord, och varje låt var ett kapitel. Efter konserten kom Lotta fram till henne, tårögd av stolthet. "Du gjorde det, Mia. Du har verkligen hittat hem." Mia kramade henne hårt och kände hur sann de orden var. Hemma var inte en plats eller en scen det var allt hon byggt upp runt sig, alla hon älskade och allt som har format henne.

Musik i Europa

Trots att Mia hade hittat en ny balans i livet, växte en ny tanke inom henne. Hon och Johan hade länge pratat om att resa ut i världen, men med Elsa och musiken hade de aldrig haft tid. Nu, när Elsa blivit äldre, började de fundera på om det var dags för ett nytt äventyr. Johan föreslog att de skulle ta en paus från Stockholm och göra något de båda längtat efter att resa runt och spela musik på små, intima scener runtom i Europa. Det var en galen idé, men Mia älskade den. De kunde hyra en husbil, ta med Elsa och göra det till en familjeresa. Att kombinera musiken med resandet kändes som det bästa av två världar. Lotta, som nu blivit som en faster för Elsa, erbjöd sig att följa med och hjälpa till under turnén.

Så en vårdag år 2005 packade de in sina instrument, kläder och en massa leksaker i en husbil och gav sig av. Resan började i Danmark, fortsatte ner genom Tyskland, vidare till Frankrike och Italien. Varje kväll spelade de på små barer, caféer och festivaler, och publiken älskade deras intima, akustiska framträdanden. Elsa, som nu var fem år gammal, följde med på varje spelning, dansade på dansgolvet och lekte bland instrumenten. Lotta, som alltid varit en klippa, såg till att allt runt omkring flöt på. Livet i husbilen var kaotiskt, men samtidigt var det en tid av frihet och glädje. Mia och Johan hittade tillbaka till varför de hade börjat med musik från början det handlade inte om att bli känd, utan om att skapa något tillsammans, något äkta.

Efter nästan ett år på resande fot återvände Mia och Johan till Stockholm, fyllda av nya minnen och inspiration. Deras turné hade inte bara stärkt deras kärlek till musiken utan också deras relation. Resan hade gett dem perspektiv, och nu var de redo att slå sig ner och hitta en ny balans mellan musiken och familjelivet. De flyttade in i en större lägenhet i samma kvarter där de alltid bott. Lotta, som nu hade sin salong på Södermalm, fortsatte att vara en stor del av deras liv. Hennes barn lekte ofta med Elsa, och deras vänskap hade bara vuxit sig starkare med åren. Mia började arbeta med en dokumentär om sin resa som musiker och mamma, och hur hennes liv förändrats sedan ungdomens drömmar om neonljus och berömmelse. Hon insåg nu att det verkliga värdet i livet inte låg i yttre framgång utan i de relationer och upplevelser som format henne till den hon var idag.

Att hitta hem

En kväll, när Mia satt och tittade på gamla fotoalbum tillsammans med Johan och Elsa, kände hon en djup känsla av tacksamhet. Varje bild berättade en del av deras resa från de vilda tonåren med Lotta, till deras första tid som band, deras äventyr på vägarna och nu, tillbaka i Stockholm, där de funnit sitt verkliga hem.

Elsa pekade på ett foto från Neon Palace, där Mia och Lotta dansade under det skimrande discoklotet. "Var det där du och pappa träffades?" frågade hon nyfiket.

Mia skrattade och skakade på huvudet. "Inte riktigt, men det var där allting började för mig. En plats full av drömmar."

"Vad är dina drömmar nu, mamma?" frågade Elsa.

Mia funderade en stund och tittade på Johan, som log mot henne. "Mina drömmar har förändrats," sa hon mjukt. "Nu handlar de om att vara här, med er. Att fortsätta skapa musik, men på mitt sätt."

Efter några lugna år i Stockholm började Mia känna att det var dags för något nytt. Hon hade hittat sin balans mellan familjelivet och musiken, men en ny längtan växte inom henne, en längtan efter att skapa något större, något som kunde lämna ett bestående avtryck. Hennes radioprogram var fortfarande populärt, men Mia kände att det var dags att utveckla sin karriär i en ny riktning. En kväll när hon satt med Johan och Lotta över ett glas vin, började de prata om framtiden. Lotta, som alltid varit både Mias vän och bollplank, kom med en oväntad idé. "Varför startar du inte din egen musikfestival?" föreslog hon. "Något som lyfter fram både stora och små artister, precis som du alltid gjort i ditt radioprogram. Du kan skapa en plattform för unga musiker som vill slå igenom, precis som du själv en gång ville."

Mia stannade upp. Tanken hade aldrig slagit henne tidigare, men ju mer de pratade om det, desto mer började hon se potentialen. Stockholm hade gott om festivaler, men ingen som riktigt fokuserade på att sammanföra olika musikstilar och ge unga, okända artister en chans att nå en större publik. Det var precis det Mia brann för, att lyfta fram nya talanger och ge dem samma möjligheter som hon själv hade kämpat för. Morgonen därpå satte hon sig vid datorn och började skissa på konceptet. Festivalen skulle heta *Echoes*, uppkallad efter hennes band, men också för att spegla hennes idé om att musiken alltid ekar genom generationer. Med Johan och Lottas hjälp började hon kontakta musiker, sponsorer och vänner i musikbranschen. De älskade idén, och snart hade Mia en arbetsgrupp som var redo att förverkliga drömmen.

Att planera en musikfestival visade sig vara mer utmanande än Mia hade trott. Det var inte bara musik som behövde ordnas, utan även logistik, marknadsföring och finansiering. Hon jobbade dag och natt för att få ihop alla bitar, samtidigt som hon jonglerade familjelivet med Elsa, som nu blivit åtta år och börjat utveckla ett eget intresse för musik. Elsa ville vara med överallt och hjälpa till, vilket Mia älskade, även om det ibland innebar att saker tog lite längre tid. Trots utmaningarna kände Mia att hon äntligen var på rätt väg. Festivalen skulle hållas i Tantolunden, en av Stockholms mest ikoniska platser för utomhuskonserter. Hon fick kontakt med flera artister, både internationella och svenska, men det var de lokala, okända talangerna som verkligen tände hennes gnista. När allt började falla på plats, kunde Mia knappt vänta på att få se sin vision bli verklighet. Men samtidigt fanns det en oro. Vad skulle hända om festivalen inte blev en succé? Skulle hennes rykte i musikbranschen påverkas? Skulle hon ha tagit på sig för mycket? Johan, som alltid varit hennes lugna stöd, påminde henne om varför hon gjorde det. "Det handlar inte om att bli störst, Mia. Det handlar om att skapa något äkta, något du tror på. Precis som med musiken." Mia visste att han hade rätt. Hon behövde lita på processen, precis som hon alltid gjort.

Festivalens öppningsdag

Dagen för festivalen kom snabbare än Mia hade trott. Tantolunden var förvandlad till en levande musikpark, fylld av färgglada scener, food trucks och glada människor som flödade in genom entréerna. Mia kände fjärilar i magen när hon såg ut över området. Det här var hennes dröm som nu blivit verklighet. De första timmarna av festivalen flöt på som planerat. Små indieband spelade på den minsta scenen medan större artister lockade större publik till huvudscenen. Men det var när en ung, okänd sångerska vid namn Sara klev upp på en av de mindre scenerna som Mia insåg att hon hade skapat något riktigt speciellt. Saras röst var full av känslor, och publiken, som först småpratande och ointresserad, blev snabbt hänförd. Mia kände en rysning genom kroppen. Det var exakt det här hon hade drömt om , att ge sådana artister en chans att nå ut.

När dagen övergick till kväll och solen började gå ner över Stockholm, fylldes Tantolunden med musik från alla håll. Johan stod vid hennes sida, och Elsa, som fick följa med bakom scenen, satt på hennes axlar. Lotta kom springande, glad och andfådd efter att ha hjälpt till med logistiken hela dagen. "Det här är helt otroligt!" ropade Lotta över musiken. "Du har gjort det, Mia!"

Mia log, men känslan av framgång hade ännu inte sjunkit in. Det var något nästan overkligt över alltihop.

När kvällen avslutades med ett sista uppträdande på huvudscenen, en hyllning till 80-talets musik, som alltid haft en speciell plats i Mias hjärta , visste hon att festivalen hade blivit allt hon någonsin hoppats på.

Efter festivalen fick Mia överväldigande positiv feedback från både publik och artister. Festivalen hade blivit en omedelbar succé, och flera musiker som uppträtt fick snabbt nya spelningar och skivkontrakt. Men för Mia var det inte de kommersiella framgångarna som betydde mest, det var känslan av att ha skapat en gemenskap, ett utrymme där musik och människor kunde mötas på ett äkta och meningsfullt sätt. När hon satte sig ner med Johan och Lotta efter festivalen för att prata om framtiden, insåg hon att det här bara var början. De pratade om att göra *Echoes* till ett årligt evenemang, kanske till och med ta det till andra städer i Sverige eller runtom i Europa. Men samtidigt visste Mia att hon behövde hålla fast vid sin kärna. Festivalen skulle alltid vara en plats för nya röster, för musiken som ofta hamnar i skymundan men som förtjänar att höras. Hon ville aldrig förlora den känsla av intimitet och närhet som hon hade lyckats skapa. Elsa, som nu blivit ännu mer musikintresserad och till och med börjat ta pianolektioner, ville såklart att festivalen skulle fortsätta. "Mamma, tänk om jag kan spela där en dag!" sa hon med stor entusiasm. Mia skrattade och kramade om sin dotter. "Det skulle vara min största dröm, älskling."

En framtid full av möjligheter

Åren efter den första *Echoes*-festivalen fortsatte Mia att expandera sitt projekt, men alltid med hjärtat på rätt plats. Festivalen blev ett känt namn inom den svenska musikscenen och ett nav för upptäckandet av nya talanger. För varje år som gick, blev festivalen större, men Mias vision om att hålla fast vid det äkta och genuina i musiken förblev densamma. Elsa växte upp med musiken som en naturlig del av sitt liv. Hon blev snart en skicklig pianist och började skriva sina egna låtar. En dag, många år senare, stod Elsa på en av scenerna på *Echoes*, redo att framföra sin egen musik inför publiken. Mia stod stolt i kulisserna med tårar i ögonen. Hon hade skapat något som inte bara förverkligat hennes egna drömmar, utan även inspirerat nästa generation. Och när Elsa började spela, fylldes hela parken med de där ekon av drömmar och musik som Mia alltid vetat fanns djupt inom henne. Det var början på ett nytt kapitel inte bara för henne, utan för alla som fann sin röst genom den musik hon älskade så mycket.

Mia var mitt uppe i förberedelserna för nästa års *Echoes*-festival när hon fick ett oväntat samtal. En röst från hennes förflutna hörde av sig Alex. Alex var en gammal vän från tonåren, en av de där personerna som hade försvunnit ur hennes liv när Echoes of Neon började ta fart. Mia mindes honom väl , en talangfull men komplicerad gitarrist som hade varit en stor del av hennes ungdoms drömmar och osäkerheter. "Jag såg att du gör stora saker med *Echoes* nu," sa Alex, med en röst som lät både varm och avlägsen. "Vi måste träffas. Det finns något vi behöver prata om."

Mia blev först tagen på sängen. Hon hade inte pratat med Alex på över 20 år. Han var en person som försvann när hon behövde honom som mest, och deras avsked var fyllt av ouppklarade känslor och outtalade ord. Trots det kände hon en vag nyfikenhet. Vad kunde han ha att säga nu, alla dessa år senare? De bestämde sig för att träffas på ett café i Gamla Stan. När Mia klev in genom dörrarna såg hon honom direkt. Alex hade förändrats, men inte så mycket som hon trodde. Hans hår var längre, gråare, men blicken var densamma , intensiv och svår att läsa.

"Mia," sa han med ett snett leende. "Det var längesen."

De pratade först om gamla minnen, om de kvällar de spenderade på 80-talets klubbar och de timmar de lagt på att skriva musik tillsammans. Men det var något Alex undvek att nämna, något som hängde i luften som en skugga.

"Jag har något jag måste erkänna," sa Alex plötsligt och bröt deras nostalgiska samtal. "Det är något jag borde ha sagt för länge sen."

Mia kände hur hennes hjärta började slå snabbare. Hon kunde inte föreställa sig vad han skulle säga. Alex tog ett djupt andetag och började berätta om varför han försvann så plötsligt för alla år sedan. Det hade inte bara handlat om att han ville fokusera på sin egen karriär, som han tidigare sagt. Det fanns en djupare, mörkare anledning. Alex hade kämpat med missbruk, något han hållit hemligt från de flesta. När Mia och Echoes of Neon började få uppmärksamhet, hade han känt sig utanför, osäker och pressad. Istället för att ta hjälp eller prata med sina vänner, hade han dragit sig undan och försvunnit från deras liv. "Jag var inte stolt över hur jag hanterade det," sa Alex, och det fanns en skam i hans röst. "Och jag är inte här för att få ditt medlidande. Jag vill bara att du ska veta varför jag försvann. Jag såg vad du åstadkommit, och jag visste att jag var skyldig dig en förklaring." Mia satt tyst en stund, smältande vad han just sagt. Hon hade aldrig förstått varför Alex försvann och det hade lämnat ett öppet sår i henne. Men nu, med den här förklaringen, kunde hon se hur även han hade lidit.

"Jag förstår, Alex," sa hon till slut. "Vi var unga, och ingen av oss visste riktigt hur vi skulle hantera allt. Men jag är glad att du berättar det nu. Det betyder mycket."

De pratade länge den dagen. Gamla sår började läka, och Mia insåg att hon hade hållit fast vid en del av sitt förflutna som hon aldrig riktigt bearbetat. Men samtidigt väckte samtalet något i henne, en känsla av oavslutat arbete. Efter deras möte kunde Mia inte sluta tänka på Alex och deras tid tillsammans. Trots de mörka minnena var det också något vackert med deras gemensamma musikskapande. Alex hade varit en av de mest kreativa människor hon någonsin känt, och även om deras vägar hade skilts åt, visste hon att han fortfarande var den gitarrist som kunde skapa magi.

Några veckor senare, när hon satt och planerade nästa festival, slog en tanke rot i hennes huvud. Tänk om Alex kunde bli en del av *Echoes*-festivalen? Han hade gått vidare med sitt liv och blivit en respekterad gitarrlärare, men Mia kände att det fanns något mer i honom, något som förtjänade att komma fram igen. Mia bestämde sig för att kontakta honom. När hon ringde var han förvånad, men också glad över att höra från henne igen.

"Vad skulle du säga om att spela på *Echoes*?" frågade Mia direkt. "Inte som en stor comeback, men kanske som en del av en hyllning till 80-talet. Vi kunde spela några av de gamla låtarna från den tiden, bara för skojs skull."

Alex blev tyst ett ögonblick. "Det låter… ärligt talat, fantastiskt," svarade han efter en stund. "Jag har inte stått på en scen på åratal, men det skulle vara en ära att göra det med dig igen."

Med det var planen i rullning. Mia var nervös, men också uppspelt. Det här var inte bara en chans att ge Alex den plats han förtjänade, utan också en möjlighet för dem båda att återvända till sina rötter, att hitta tillbaka till den musik som en gång förenade dem.

Återförening på scen

När festivaldagen äntligen kom, kände Mia en pirrande känsla i magen. Det var dags för något som hon aldrig trodde skulle hända igen , hon och Alex skulle stå på scen tillsammans, för första gången på över två decennier. Scenen var mindre, en av de mer intima arenorna på *Echoes*, men den passade perfekt för deras återförening. När de steg upp på scenen, mötte Mia publikens applåder och kände en våg av känslor skölja över sig. Alex stod bredvid henne med gitarren i handen, lika nervös men också förväntansfull. De spelade några av de gamla låtarna från Echoes of Neon, och medan tonerna fyllde luften kände Mia hur gamla minnen och känslor vaknade till liv.

Men det var annorlunda den här gången. De var inte längre de unga, vilsna människor som letade efter sin plats i världen. De hade vuxit, gått igenom sina respektive resor, och nu återförenades de i musiken , med en djupare förståelse för livet och för varandra.

Efteråt klev de av scenen, båda med ett leende. "Tack, Mia," sa Alex tyst. "Det här betyder mer än du kan ana."

Mia log tillbaka. "Det betyder mycket för mig också."

Efter deras framträdande på *Echoes* började Mia och Alex prata om möjligheten att spela tillsammans igen, kanske till och med skriva ny musik. Det fanns ingen brådska, ingen press , bara en öppenhet inför vad framtiden kunde föra med sig.

Mia hade funnit en ny balans i livet, där hennes passion för musiken förenades med hennes roll som mamma, partner och festivalarrangör. Elsa växte upp med musiken omkring sig, och Mia såg hur hennes dotter började forma sin egen väg, både i livet och i musiken. Med nya perspektiv på både sitt förflutna och sin framtid kände Mia att hon hade hittat sitt sanna kall. Det handlade inte längre om att jaga drömmar , det handlade om att skapa dem. Precis som hon en gång stått under neonljusen på 80-talets dansgolv, var det nu hennes tur att lysa upp vägen för nästa generation.

Månaderna efter återföreningen med Alex kändes som en tid av pånyttfödelse för Mia. Hon kände sig lättare, mer i harmoni med både sin musik och sitt liv. Men samtidigt som hennes liv stabiliserades och Echoes-festivalen fortsatte att växa, kom en oväntad möjlighet som skulle skaka om allt. En dag när Mia satt på sitt kontor och gick igenom de sista detaljerna inför nästa års festival, fick hon ett mejl som stack ut. Det var från en stor, internationell musikproducent baserad i London, som hade hört om *Echoes* och om Mias arbete med att lyfta nya talanger. De var intresserade av att samarbeta, och producenten ville att Mia skulle komma till London för att diskutera möjligheterna att ta *Echoes* till en global nivå. Mia stirrade på mejlet. Det var en otrolig chans, en möjlighet att sätta sitt avtryck inte bara i Sverige, utan på den internationella musikscenen. Men det skulle innebära stora förändringar. Att lämna Stockholm, åtminstone tillfälligt, för att utveckla projektet i en annan stad, på en större arena, var inget hon hade övervägt tidigare. Hur skulle det påverka hennes familj? Hennes relation med Johan? Och hur skulle Elsa, som var på väg att börja gymnasiet, hantera en sådan förändring? Mia bestämde sig för att inte fatta några förhastade beslut. Hon behövde prata med Johan först.

Familjeråd

Samma kväll, när Mia satt i soffan med Johan tog hon upp ämnet. Hon berättade om mejlet, om erbjudandet och vad det kunde innebära.

"Det här är en enorm möjlighet," sa Mia, och även om hon försökte hålla sig lugn hörde hon spänningen i sin egen röst. "Men jag vet inte vad det skulle innebära för oss."

Johan satt tyst ett ögonblick, lutade sig tillbaka och tänkte efter. Han var alltid den som balanserade Mias impulsivitet med lugn och eftertänksamhet, och den här gången var inget undantag.

"Jag förstår att det är stort," sa han till slut. "Men vi behöver inte fatta beslut direkt. Det viktigaste är att vi pratar igenom det ordentligt och ser hur vi kan få det att fungera, om det är vad du verkligen vill." Mia nickade tacksamt. Det var en lättnad att veta att Johan var öppen för att diskutera saken, men det var fortfarande en enorm omställning som låg framför dem.

De bestämde sig för att ha ett större familjeråd, där även Elsa skulle få vara med och uttrycka sina känslor och tankar. Några veckor senare satt Mia på ett flyg till London. Hon hade bestämt sig för att åtminstone ta det första steget och se vad samarbetet kunde innebära.

Johan och Elsa stöttade henne, och även om tanken på att pendla mellan London och Stockholm kändes skrämmande, visste hon att det var en chans hon inte kunde låta gå förbi. När hon anlände till London, mötte hon producenten, en karismatisk man vid namn Mark, och hans team. De var fulla av idéer och visioner om hur *Echoes* kunde bli en global plattform för att främja nya artister. De pratade om större festivaler, men också om digitala plattformar, live-streamade konserter och samarbeten med andra musikevenemang runt om i världen. Det var en massiv utmaning, men också en möjlighet att förverkliga den dröm hon haft sedan hon var tonåring , att göra musiken tillgänglig för alla, oavsett var de befann sig.

Under mötena kände Mia en förnyad energi. London pulserade med kreativitet och en internationell atmosfär som inspirerade henne. Men samtidigt insåg hon att detta inte bara var hennes projekt längre. Det skulle kräva enorma resurser, tid och engagemang , och det skulle innebära att hon skulle behöva vara borta från sin familj längre perioder. När hon kom hem till Stockholm efter några intensiva dagar i London var hennes hjärna fylld av tankar och idéer. Hon behövde tid att bearbeta allt och fatta ett beslut som inte bara kändes rätt för henne själv, utan också för Johan och Elsa. Efter att ha diskuterat saken med Johan och Elsa, kom de fram till en lösning som kändes rätt för alla. Mia skulle börja pendla till

London, men inte på heltid. Hon skulle fortsätta att leda *Echoes* i Stockholm och vara en närvarande del av familjens liv, men samtidigt utforska möjligheten att expandera sitt projekt internationellt.

Elsa, som först varit orolig för förändringen, blev alltmer engagerad i sin mammas arbete. Hon började hjälpa till med de digitala aspekterna av festivalen och lärde sig snabbt hur marknadsföring och musikindustrin fungerade. Det var som om Elsa hade hittat sin egen plats i familjens kreativa arv. Johan, som alltid hade varit Mias största stöd, hjälpte henne att hitta en balans mellan karriär och familj. Han tog över mer ansvar på hemmaplan, och tillsammans skapade de ett system som gjorde att Mia kunde jaga sina drömmar utan att förlora kontakten med dem hon älskade mest.

Echoes går globalt

Det första internationella *Echoes*-eventet hölls i London några månader senare. Festivalen var en succé. Nya, okända artister från hela världen uppträdde på scener i stadens mest ikoniska musikklubbar, och Mia kände att hennes dröm hade blivit verklighet på en helt ny nivå. Efter festivalen blev hon intervjuad av flera internationella medier, och intresset för *Echoes* fortsatte att växa. Mias namn blev alltmer känt, och hon fick till och med erbjudanden om att hålla festivaler i andra stora städer som New York, Tokyo och Berlin. Men trots framgångarna höll hon fast vid sin grundprincip att ge nya, unga musiker en chans. Det var alltid det som drivit henne, och det var det hon ville hålla fast vid , oavsett hur stort *Echoes* blev. Efter festivalen i London återvände Mia till Stockholm med ett hjärta fyllt av stolthet och tacksamhet. Hon hade lyckats ta *Echoes* till nya höjder utan att kompromissa med sin ursprungliga vision. Och nu, tillbaka hemma, kände hon en djupare tacksamhet för sin familj och det liv hon byggt upp.

En kväll, när hon satt på verandan med Johan och Elsa, reflekterade hon över hur långt hon hade kommit. Från en ung tjej som drömde om att bli musiker på 80-talet, till en framgångsrik festivalarrangör med en global räckvidd , hennes resa hade varit allt annat än rak, men den hade alltid följt hennes hjärta.

"Så vad blir nästa steg?" frågade Johan med ett leende.

Mia skrattade. "Jag tror nästa steg är att bara njuta av allt vi har åstadkommit. Och vem vet, kanske låta Elsa ta över en dag?" Elsa, som satt med sin gitarr i handen och plinkade på några nya ackord, log stort. "Vi får se, mamma. Vi får se."

Nya utmaningar, gamla drömmar

Några månader efter att Mia och hennes familj hade
landat i sin nya balans började en annan tanke ta form i
hennes huvud. Trots att *Echoes* hade expanderat
internationellt och blivit en framgång, fanns det en del
av henne som längtade efter något annat , något mer
personligt. Hon hade ägnat så mycket tid åt att lyfta
andra artister och arrangera festivaler att hon nästan hade
glömt sitt ursprungliga mål, att själv skapa musik. En
kväll när Johan var bortrest och Elsa var ute med vänner,
satt Mia ensam i sitt arbetsrum och plockade upp sin
gamla gitarr. Det var åratal sedan hon hade suttit ner och
verkligen spelat bara för sig själv. Ackorden kändes
välbekanta, men ändå som en ny upptäckt. Orden som
kom till henne var inte längre de naiva drömmarna från
80-talet, de hade nu en tyngd och djupare mening,
formade av allt hon hade gått igenom.

När hon spelade kände hon hur något inom henne
vaknade till liv igen. Att skapa egen musik var något hon
saknat utan att riktigt förstå det. Hon började skriva ner
låttexter, små fragment av melodier, och innan hon
visste ordet av hade hon en halv låt färdig. Det var som
om alla de outtalade känslorna och tankarna som samlats
under åren äntligen fick ett utlopp. Mia visste att hon
behövde hjälp om hon skulle förverkliga sina nya
musikaliska idéer. Visst hade hon erfarenhet av att skapa
musik från sina ungdomsår, men tekniken hade

utvecklats enormt, och hennes kunskaper var föråldrade. Hon behövde någon med färska ögon, någon som kunde ge hennes idéer en modern form utan att förlora deras själsliga kärna. Hon tänkte på Elsa. Hennes dotter hade visat alltmer intresse för musikproduktion och var duktig på både digitala verktyg och att skapa sitt eget sound. Men skulle Elsa vilja arbeta med sin egen mamma? Det var en fråga Mia inte var säker på hur hon skulle ställa. En kväll vid middagsbordet tog hon mod till sig och nämnde sitt nya projekt.

"Jag har funderat på att börja skriva musik igen," sa hon, och Elsa tittade nyfiket upp från sin tallrik. "Kanske till och med spela in något. Vad skulle du säga om att hjälpa mig? Jag vet att du har blivit riktigt bra på produktion." Elsa log, först lite förvånat, men snart med ett tydligt intresse. "Det skulle vara sjukt kul faktiskt. Men bara om du är beredd att låta mig experimentera lite också." Mia skrattade. "Absolut! Jag är öppen för allt. Det här är lika nytt för mig som för dig."

Studio Magi

De följande veckorna förvandlade Mia och Elsa deras vardagsrum till en provisorisk inspelningsstudio. Med Elsas moderna produktionsteknik och Mias erfarenhet från att skriva låtar förenades två generationers musikaliska världar. Mia insåg att hennes dotter hade en enorm talang för att skapa beats och bygga ljudbilder, och det blev snart tydligt att deras samarbete inte bara handlade om att de var mor och dotter, de var kreativa partners. åtarna de skapade var en blandning av 80-talets nostalgi och nutidens moderna ljud. Det var som om de tog bitar av Mias förflutna och lät Elsa måla dem i nya, spännande färger. Texterna var personliga och reflekterade Mias resa , både hennes framgångar och hennes misslyckanden. Varje ord, varje ackord kändes som en hyllning till livet och musiken som alltid varit hennes följeslagare. Efter några månader hade de tillräckligt med material för att börja tänka på att släppa en EP. De hade aldrig planerat för att det skulle bli något stort, men när de lyssnade på det färdiga resultatet visste de båda att de hade något speciellt.

"Det här är riktigt bra, mamma," sa Elsa efter att de lyssnat på den sista mixen. "Jag tror vi borde släppa det."

Mia kände en blandning av stolthet och nervositet. Hon hade inte släppt egen musik på så många år att hon knappt visste hur hon skulle göra. Men med Elsas hjälp blev det snabbt klart att de skulle lägga ut låtarna på alla digitala plattformar, och snart var EP *Neon Echoes* tillgänglig för världen.

När EP släpptes förväntade sig Mia och Elsa inte mycket mer än att deras närmaste vänner och familj skulle lyssna. Men inom några dagar började de få oväntade meddelanden. Folk från olika delar av världen skrev om hur de älskade den unika kombinationen av retro och modernt i musiken. Musikkritiker började få upp ögonen för projektet och beskrev det som "en perfekt brygga mellan 80-talets känslomättade syntar och dagens innovativa ljudlandskap." Det dröjde inte länge innan en av låtarna, *Back to Neon*, började klättra på digitala listor. Låten hade en stark hook och en text som handlade om att återvända till sina rötter, något som många tycktes relatera till i en värld där nostalgi blivit en stark kulturell trend. Mia kunde knappt tro vad som hände. På kort tid hade hon gått från att arrangera festivaler och hjälpa andra artister, till att själv vara i centrum igen , och det tillsammans med sin dotter.

Elsa tog fram sin telefon och visade Mia hur låtarna började spridas på sociala medier. "Det här är galet, mamma. Folk spelar våra låtar på Facebook! Jag tror vi har skapat något större än vi trodde." Mia skrattade, fortfarande chockad över hur snabbt allting hände. "Jag tror du har rätt, älskling. Men jag hade aldrig kunnat göra det utan dig."

Succén med *Neon Echoes* ledde till att Mia och Elsa blev inbjudna att spela på en liten, men prestigefylld festival i Köpenhamn. Det skulle bli Mias första riktiga scenframträdande på många år, och första gången hon skulle spela tillsammans med sin dotter inför publik. Nervositeten blandades med spänning, men båda visste att detta var ett ögonblick de skulle minnas för alltid. När de klev upp på scenen var applåderna överväldigande. Mia kände värmen från publiken och insåg att hon var tillbaka där hon alltid hört hemma på scenen, med musiken i sitt hjärta. Elsa stod vid sin laptop och styrde de elektroniska beatsen, och tillsammans framförde de låtarna med en självsäkerhet och glädje som bara kan komma när man gör något man älskar. Publiken sjöng med i *Back to Neon*, och när sista tonen klingade ut, kände Mia en våg av tacksamhet skölja över sig. Hon hade gått igenom så många kapitel i sitt liv , från drömmande tonåring till festivalarrangör och nu tillbaka som artist , men det här kändes som det mest fulländade. När de gick av scenen, höll Elsa sin mammas hand och log. "Jag tror vi precis skrev ett nytt kapitel i din bok, mamma." Mia log tillbaka, med tårar i ögonen. "Och jag kunde inte ha gjort det med någon annan än dig."

Ljuset från neonet

Mias resa hade alltid kretsat kring musiken och de människor hon älskade. Genom alla förändringar, alla upp, och nedgångar, hade musiken varit hennes kompass. Och nu, när hon stod inför en ny fas i sitt liv, insåg hon att drömmar aldrig är färdiga , de bara förändras och utvecklas. Efter succén i Köpenhamn började fler möjligheter dyka upp för Mia och Elsa. Skivbolag och agenter hörde av sig, och plötsligt hade de fler erbjudanden än de kunde hantera. Men ett erbjudande stack ut , en av Mias gamla idoler från 80-talet, en ikonisk kvinnlig sångerska vid namn Lydia Storm, kontaktade henne personligen. Lydia hade också hört talas om *Neon Echoes* och var imponerad över hur Mia och Elsa hade lyckats förena två generationer av musik i sitt projekt.

Lydia bjöd över dem till Los Angeles för att samarbeta på hennes nästa album. För Mia var det som en dröm. Lydia Storm var en av de artister som hade inspirerat henne som tonåring, och att nu få arbeta med henne kändes som en fullständig cirkel. Men det var också ett beslut som skulle förändra mycket. Om de tog erbjudandet skulle det innebära flera månader i USA. Mia visste att detta inte bara var en professionell utmaning, det var en livsförändrande möjlighet. Efter många diskussioner och familjeråd beslutade Mia och Elsa att tacka ja till erbjudandet. Johan, som alltid varit stöttande, uppmuntrade dem att ta steget. "Det här är något du har drömt om hela ditt liv," sa han en kväll när de satt tillsammans. "Jag klarar mig här hemma, och Elsa är ju med dig. Ni kommer att ha en fantastisk tid. "

De reste till Los Angeles i början av sommaren, och så snart de landade, möttes de av stadens vibrerande energi. Lydia Storm var precis så karismatisk och stark som Mia alltid hade föreställt sig, men hon var också överraskande jordnära och öppen för samarbete. Mia och Elsa började arbeta med Lydia i en modern inspelningsstudio på Sunset Boulevard. Det var en surrealistisk upplevelse för Mia, att sitta mittemot en av sina hjältar och diskutera låttexter, melodier och produktionsteknik. Elsa, som snabbt anpassade sig till det nya tempot, blev en nyckelspelare i produktionen och imponerade till och med på Lydia med sina unika ljuddesignidéer. Medan arbetet flöt på i studion, började Mia känna av gamla spöken från sitt förflutna. Los Angeles påminde henne om den tid hon nästan gav upp sin musik, om sina tidigare misslyckanden och det förlorade bandet från hennes ungdom. Hon insåg att även om hon hade nått många av sina mål, hade det alltid funnits en del av henne som undrat vad som kunde ha varit om hon inte hade lagt musiken på hyllan så tidigt.

En kväll, efter en lång inspelningssession, gick Mia och Lydia ut för en drink. Det var första gången de hade tid att prata ordentligt utanför studion.

"Du har verkligen lyckats hitta din plats, Mia," sa Lydia medan de blickade ut över Los Angeles ljus. "Men jag ser något i dina ögon, som om du fortfarande bär på något från det förflutna."

Mia tvekade först, men insåg att hon behövde dela sina tankar med någon som förstod. Hon berättade om sina ungdomsår, sina förlorade chanser och känslan av att alltid ha kämpat emot sina egna osäkerheter. Lydia lyssnade noggrant och nickade långsamt. "Jag vet precis vad du menar," sa Lydia till slut. "Jag har också varit där. Men du har kommit hit nu, och det är det som betyder något. Du har chansen att skapa något nytt och lämna det gamla bakom dig." Mias samtal med Lydia blev en vändpunkt för henne. Hon insåg att det var dags att släppa de sista resterna av sina tvivel och verkligen omfamna sin plats som både musiker och mentor för andra. Efter flera månader av arbete var albumet färdigt. Det hade blivit en otroligt kreativ resa för både Mia och Elsa, och samarbetet med Lydia hade utvecklats till en djup vänskap. Men precis när allt verkade vara på väg mot sin klimax, ställdes de inför ett stort dilemma.

Lydia hade skrivit en av de bästa låtarna på albumet tillsammans med Mia, men hon var osäker på om hon skulle ha den som singel. Istället föreslog skivbolaget att Mia och Elsa skulle släppa låten under sitt eget namn och marknadsföra den som deras nästa stora projekt. Det var en enorm möjlighet, men det var också ett test. Skulle de vara redo att ta på sig ansvaret för att fronta en stor release, med all press och kritik som kunde komma med det? Efter många överväganden bestämde de sig för att gå vidare med förslaget. Låten, som hade fått titeln *Neon Heartbeat*, släpptes under deras namn, och reaktionerna var överväldigande. Låten gick upp på listorna snabbare än någon av dem hade väntat sig, och inom veckor var den en internationell hit. Mia och Elsa befann sig nu i en ny värld , en där de inte bara var kreativa partners, utan också ett erkännande namn på den globala musikscenen.

Efter den intensiva perioden i Los Angeles var det dags att återvända hem. De hade uppnått mer än de någonsin kunnat drömma om, men längtan efter Stockholm och det lugna livet hemma var stark. Mia och Elsa hade vuxit tillsammans under resan, både som musiker och som mor och dotter. När de kom hem till Stockholm möttes de av Johan, som hade följt deras framgångar på avstånd. Han omfamnade dem båda och sa, "Jag är så stolt över er. Ni har gjort något fantastiskt." Mia kände en djup känsla av tacksamhet. Hon hade gått igenom så många faser i sitt liv, från tonårens drömmar och besvikelser, till att bygga en familj och en karriär, och nu till att återvända till musiken på sina egna villkor. Hon insåg att livet inte handlar om att nå en slutdestination, utan om att omfamna varje kapitel, oavsett var det leder.

Elsa, som nu blivit en etablerad producent och musiker i sin egen rätt, såg på sin mamma med en ny förståelse. "Jag är så glad att vi gjorde det här tillsammans, mamma," sa hon en kväll när de satt ute på verandan. "Men det här är bara början, eller hur?"

Mia log. "Ja, Elsa. Det här är bara början."

Ett nytt äventyr

Hemma i Stockholm återgick vardagen till något mer normalt, men det tog inte lång tid innan telefonen ringde igen. Det var en inbjudan från ett stort, internationellt musikproduktionsbolag. De ville att Mia och Elsa skulle producera musik för en kommande film. Det var en actionfilm med starka retrovibbar, inspirerad av 80-talets estetik , den perfekta matchningen för deras stil. "Det här är galet, mamma," sa Elsa när hon läste mejlet högt. "De vill att vi gör hela soundtracket! Och de har hört *Neon Echoes* och älskar vårt sound."

Mia kände ett pirr av både spänning och rädsla. Även om de hade lyckats med sitt album och turnerat runt världen, kändes filmprojektet som något helt nytt. Att skapa musik för en film var en helt annan process än att producera låtar för sig själva. De behövde skapa något som inte bara speglade deras stil, utan också förstärkte filmens berättelse och känslor.

"Det här är en stor utmaning," sa Mia, fundersamt. "Men jag tror vi kan klara det."

Elsa, som alltid var den mer orädda av dem, nickade bestämt. "Vi gör det. Vi har aldrig gjort något halvhjärtat förut, och vi kommer inte att börja nu."

Inspelningen av filmen skulle ske på olika platser runt om i världen, och Mia och Elsa blev inbjudna att följa med produktionen för att få inspiration till musiken. För dem var detta ännu ett äventyr, en chans att utforska nya miljöer och kulturer som kunde forma deras arbete. Deras första stopp var Tokyo, en stad som vibrerade av liv och teknik , en perfekt blandning av futurism och nostalgiska 80-talsinfluenser. När de vandrade genom stadens neonupplysta gator, fylldes Mia med en känsla av kreativitet hon inte känt på länge. Det var som om varje gata hade sitt eget soundtrack, med elektroniska beats som pulserade genom stadens hjärta. Elsa var lika förtjust och började genast spela in ljudklipp på sin telefon. Hon fångade allt , från de automatiska gatuljuden till de traditionella instrumenten de stötte på i små butiker. "Det här är perfekt material," sa hon entusiastiskt. "Vi kan använda det här i ljudbilden för att ge soundtracket en autentisk känsla."

Efter Tokyo reste de till Los Angeles för att vara med under de sista inspelningsveckorna av filmen. Trots att de varit där tidigare kändes staden nu annorlunda. Mia såg det inte längre som en plats fylld av förlorade drömmar, utan som ett nav av möjligheter. Hon och Elsa tillbringade långa nätter i studion, inspirerade av stadens kontraster mellan det glamorösa och det slitna, det moderna och det historiska. När de kom hem till Stockholm var det dags att färdigställa soundtracket.

Tiden var knapp, och stressen började kännas. De hade levererat några tidiga versioner till filmbolaget som fått bra respons, men Mia och Elsa ville ta musiken till nästa nivå. Detta skulle inte bara vara ett sidoprojekt, det skulle bli deras nästa stora steg.

Elsa var den som, trots pressen, lyckades hålla humöret uppe. "Vi har gjort det här förut, mamma. Vi kan göra det igen. Vi bara tar ett steg i taget."

Mia log tacksamt. Elsa hade blivit en klippa i hennes liv, någon som visade henne att det var okej att vara sårbar och att misslyckanden inte definierade henne. Tillsammans tog de sig igenom de sista intensiva veckorna av produktion, med långa nätter och många omskrivningar. Men varje gång de kände att de var nära att ge upp, fann de ny energi i varandra. När filmens premiärdatum närmade sig, bjöds Mia och Elsa in till den stjärnspäckade tillställningen i London. Det var en gala av episka mått, med röda mattor, fotografer och filmstjärnor från hela världen. För Mia, som aldrig riktigt brytt sig om det glamorösa, var det hela lite överväldigande, men hon visste att det var en del av spelet. Elsa däremot njöt av uppmärksamheten och gick självsäkert längs den röda mattan, iklädd en stilren outfit inspirerad av deras musik och den 80-talsnostalgi de båda älskade. Under premiären satt de nervöst i biografen, och när de första tonerna av deras soundtrack fyllde rummet kände Mia en våg av stolthet. Det var deras musik som satte tonen för hela filmen, deras arbete som knöt ihop scenerna och förstärkte känslorna. Publiken satt som förtrollad, och när filmen var slut fick den stående ovationer. Mia och Elsa utbytte en blick, de hade gjort det igen.

Efter premiären blev de överösta med beröm. Regissören tackade dem personligen och sa att soundtracket hade lyft filmen till en ny nivå. Kritikerna skrev om hur musiken skapade en perfekt fusion av retro och modernt, och hur den lade till ett emotionellt lager som annars kanske hade gått förlorat. Mia kunde knappt ta in allt som hände. Detta var inte bara ännu ett projekt, det var en milstolpe i deras karriär, ett bevis på att de tillsammans kunde övervinna vilken utmaning som helst.

Nästa steg

Efter framgångarna med både albumet och filmens soundtrack började erbjudanden att strömma in. Men Mia visste att hon behövde tid för att reflektera. Hon var nu i en fas i sitt liv där hon ville vara noggrann med vilka projekt hon tog på sig. Det handlade inte längre om att nå nya höjder för karriärens skull, det handlade om att hitta glädje i varje steg och arbeta på sina egna villkor. Elsa, å andra sidan, var full av energi och ville fortsätta rida på framgångsvågen. Hon hade nya idéer om samarbeten och egna projekt som hon ville utforska, men hon förstod också sin mammas behov av att sakta ner. "Du har gjort så mycket, mamma. Du förtjänar att ta en paus om du vill."

Mia log. "Kanske. Men jag tror inte att jag är redo att lägga ner riktigt än. Kanske bara... välja med omsorg."

Och så gjorde de precis det. De valde med omsorg. Varje projekt, varje nytt steg, var något de verkligen kände för, utan att kompromissa med deras konstnärliga vision eller integritet. I slutändan insåg Mia att det inte fanns någon sista destination i karriären eller livet. Det handlade om resan, och om att alltid vara öppen för nya kapitel. Tillsammans med Elsa, Johan och deras närmaste vänner, visste hon att framtiden var full av både utmaningar och möjligheter. Oavsett vad som väntade, skulle musiken alltid vara där, som en trofast följeslagare, en evig neonpulserande rytm som aldrig skulle tystna.

Några månader senare, när de satt på verandan och njöt av en stilla sommarkväll, sa Elsa plötsligt "Vad tror du, ska vi göra ett till album, eller kanske till och med starta vårt eget skivbolag?"

Mia skrattade. "Kanske det. Men vad vi än gör, gör vi det på våra villkor."

Det var en varm, solig dag i Stockholm när Mia och Elsa satte sig ner för att diskutera idén om att starta sitt eget skivbolag. De hade båda känt av den växande kreativiteten och ville ge fler artister en plattform att uttrycka sig. Det kändes som det rätta steget för att ta sin musikaliska resa till nästa nivå. "Vi har ju både erfarenheten och kontakterna nu," sa Elsa, när de gick igenom anteckningar och idéer. "Och vi vet vad som behövs för att stödja andra artister. Vi kan skapa något riktigt speciellt."

Mia nickade. Tanken på att hjälpa andra att förverkliga sina drömmar kändes inspirerande. "Det handlar om mer än bara musik. Det handlar om gemenskap och att skapa en miljö där konstnärer kan växa och blomstra." De bestämde sig för att börja med att identifiera vilken typ av musik de ville fokusera på. De ville ha en blandning av genrer från indie och elektronisk musik till singer-songwriter och pop. Deras mål var att attrahera en mångfald av talanger, precis som de själva hade gjort med *Neon Echoes*. I de kommande veckorna arbetade de intensivt med att sätta ihop en affärsplan, som skulle ge en tydlig väg framåt för deras nya företag. De funderade på namn, designade logotyper och började skissa på en webbplats. Elsa tog på sig rollen som kreativ chef, medan Mia fokuserade på den administrativa delen. Deras första steg var att hitta några lovande artister att signa. Genom sina kontakter i musikbranschen började de nätverka och organisera provspelningar. Det var en hektisk tid, men de kände att de gjorde något meningsfullt. Att se nya talanger lysa, få dem att växa och hjälpa dem att skapa musik var en upplevelse som gav dem båda en djup känsla av syfte.

En dag fick de en intressant kontakt. En ung artist vid namn Leo, som nyligen flyttat till Stockholm från en liten stad, hade hört talas om dem genom en gemensam bekant. Han hade skapat en mixtape som han ville dela med dem. Nyfiken på att höra vad han hade att erbjuda, bjöd Mia och Elsa in honom till studion.

Leo kom in med sin gitarr och en samling av låtar som blandade folk, pop och en touch av hiphop. Hans röst var rå men fylld med känsla, och hans texter berättade historier som kändes personliga och relaterbara.

"Det här är fantastiskt," sa Elsa efter hans första framförande. "Du har verkligen något unikt."

Mia instämde. "Jag ser en stor potential i dig, Leo. Vad sägs om att vi signar dig till vårt nya skivbolag?"

Leos ögon lyste av förvåning och glädje. "Är ni seriösa? Jag skulle bli överlycklig!"

Med Leo som deras första signerade artist satte de igång att arbeta på hans debutalbum. Processen var intensiv, fylld med kreativa möten och brainstorming-sessioner. Leo var hängiven och lyssnade noga på Mias och Elsas råd, men han hade också egna idéer som tillförde en fräsch dynamik till produktionen. Mia njöt av att vara mentor igen, att kunna ge tillbaka till någon som påminde henne om sig själv som ung artist. Samtidigt kände Elsa hur hon växte i sin roll som producent. Att arbeta med Leo var som att se en ny stjärna födas, och hennes entusiasm smittade av sig på hela teamet. Trots all glädje och framgång kom också utmaningar. Under inspelningen uppstod det kreativ konflikt mellan Leo och producenterna. Han ville ha mer frihet att uttrycka sig, medan de hade en klar vision för hur albumet skulle låta. Mia och Elsa insåg att de behövde kliva in som medlare.

"Leo, vi vill verkligen att du ska vara stolt över detta album," sa Mia. "Men vi måste hitta en balans mellan din vision och vad som också kan fungera kommersiellt."

Elsa föreslog att de skulle ha en workshop där Leo kunde experimentera med sin musik utan pressen av att vara "perfekt." Genom att ge honom det utrymmet, kunde de kanske bryta ner murarna och hitta en väg framåt. Workshopen blev en succé. Leo släppte loss sina kreativa idéer och provade olika stilar och arrangemang. Han spelade in skisser av låtar på ett sätt han aldrig gjort tidigare, vilket ledde till oväntade resultat. Den nya friheten ledde till några av de mest kraftfulla låtarna han någonsin skrivit. Det blev också en ny gemenskap i studion. Andra artister och producenter började dyka upp för att stötta Leo, och snart skapades en kreativ bubbla där alla bidrog med sina idéer. Mia och Elsa såg hur deras vision för skivbolaget började bli verklighet, en plats för konstnärer att mötas och inspireras av varandra.

Albumsläppet

Det var en stor dag när Leos debutalbum var klart. De hade planerat en releasefest för att fira, och hela teamet var inbjudet. Festen skulle hållas i en lokal med stor betydelse för Mia , den gamla klubben där hon en gång hade uppträtt som ung artist. Det kändes som en fullständig cirkel att nu fira Leos framgångar där. När kvällen kom, var stämningen elektrisk. Publiken var fylld av vänner, familj och branschkollegor som kommit för att stödja Leo. Mia och Elsa stod i ett hörn av rummet, med stolta leenden på läpparna när Leo klev upp på scenen.

"Det här är mer än bara ett album för mig," sa han när han tog mikrofonen. "Det är resultatet av hårt arbete, tro och stöd från dessa fantastiska kvinnor här bakom mig. Jag är så tacksam för att ni trott på mig."

När han började spela sina låtar kände Mia hur musiken flöt genom rummet, och hon såg den glädje som strålade från Leo. Det var ett ögonblick av ren lycka och triumf. Efter releasefesten samlades Mia och Elsa för att reflektera över resan de just gjort. "Det har varit en otrolig tid," sa Elsa med ett stort leende. "Och vi har bara börjat."Mia nickade, fylld av en ny känsla av syfte. "Jag ser verkligen hur mycket vi kan åstadkomma tillsammans. Det känns som vi skapar något mer än bara musik , vi bygger en gemenskap." De pratade om framtiden, om fler projekt, fler artister och fler äventyr. De kände båda att de ville fortsätta att expandera sitt skivbolag, att fortsätta hjälpa andra att hitta sina röster. Några månader senare, medan höstlöven föll utanför deras fönster, satt Mia och Elsa i studion och arbetade på nya låtar för nästa artist. De skrattade och delade idéer, medan musiken flöt ut ur högtalarna.

Med Leos album på topplistorna och skivbolaget i tillväxt kom också nya utmaningar. Mia och Elsa insåg snart att det fanns mycket mer att hantera än bara musiken. De började få kontakt med branschens olika aspekter, allt från marknadsföring och distribution till kontrakt och förhandlingar. En dag, när de satt i ett möte med en potentiell distributör, kände Mia sig plötsligt överväldigad av det som låg framför dem. Hon tittade på Elsa, som satt med ett notisblock och antecknade ivrigt. "Är vi verkligen redo för det här?" frågade Mia, osäkert.

Elsa, som alltid var den optimistiska, svarade: "Vi har klarat av så mycket hittills. Vi har byggt upp något fantastiskt, och vi lär oss varje dag. Vi kan inte backa nu."

Mia nickade, men kände att pressen att lyckas ibland kändes överväldigande. De ville inte bara vara en annan aktör på musikscenen; de ville skapa en plats för artister som kände sig sedda och hörda. I takt med att skivbolaget växte, började de få förfrågningar från många unga artister. En av dem var Zara, en tonåring med en unik röst och en stark personlig stil. Hon hade spelat in några låtar som hon delade på sociala medier, och deras popularitet hade skapat en buzz runt henne. Mia och Elsa beslutade att träffa Zara för en provsession. När hon kom till studion, blev de genast förtrollade av hennes närvaro. Hennes låtar var råa, ärliga och fulla av känsla.

"Du har en fantastisk talang," sa Mia efter att ha hört några av Zaras låtar. "Vad är din vision för din musik?"

Zara berättade om sin dröm att skriva låtar som kunde inspirera andra, och att hon ville att hennes musik skulle kännas som en rörelse. Det var precis den typen av passion som Mia och Elsa ville stödja. Zara blev den andra artisten att signas till skivbolaget, och det var dags att påbörja arbetet med hennes debutalbum. Hon hade en stark vision och en unik stil som kompletterade Leo, och tillsammans började de skapa en spännande dynamik i studion. De fokuserade på att utforska Zaras identitet som artist. Det handlade inte bara om musiken, utan också om att bygga hennes varumärke och persona. Elsa, med sin kreativa ådra, började arbeta med visuella koncept och marknadsföring, medan Mia tog hand om det administrativa och kontraktsmässiga. Men när de grävde djupare i Zaras musik, uppstod det svårigheter. Zara kämpade med pressen att leverera och den osäkerhet som ofta följde med att stå i rampljuset. "Jag vill att min musik ska vara perfekt," sa hon en kväll efter en intensiv inspelningssession. "Men jag känner mig som en bluff." Mia kände igen sig själv i Zaras ord. "Det är normalt att känna så, särskilt i början. Men perfekt musik existerar inte. Det handlar om att vara ärlig och att dela din berättelse."

Styrkan i sårbarhet

Mia och Elsa bestämde sig för att skapa en trygg miljö för Zara, där hon kunde vara sårbar och uttrycka sig fritt. De organiserade en workshop där Zara kunde dela sina tankar och känslor med andra unga artister, och snart började gruppen växa. Det blev en plats för stöd, där de tillsammans delade sina erfarenheter och utmaningar. Under en av dessa sessioner, när Zara berättade sin historia, kände Mia hur stämningen i rummet förändrades. De andra artisterna kände igen sig i Zaras kamp och började dela sina egna berättelser. Det blev en kraftfull upplevelse av gemenskap och förståelse. Zara började blomstra i denna miljö. Hon insåg att hon inte var ensam, och att sårbarhet kunde vara en styrka snarare än en svaghet. Hennes låtar började spegla denna nya insikt, och den emotionella kraften i hennes musik växte. Efter månader av arbete var Zars album äntligen redo att lanseras. De bestämde sig för att hålla en stor releasefest för att fira, och denna gång ville de göra något extra speciellt. De hyrde en lokal som var känd för sin fantastiska atmosfär och planerade att bjuda in branschfolk, vänner och familj. Mia och Elsa arbetade hårt med att marknadsföra evenemanget. De skapade visuellt slående affischer och använde sociala medier för att sprida ordet. Zara var nervös men också exalterad. "Det här är min chans att verkligen visa världen vem jag är," sa hon med ett leende.

På kvällen av releasefesten var lokalen fylld av glada ansikten. Musiken strömmade från högtalarna, och stämningen var elektrisk. När Zara klev upp på scenen, kände hon en våg av nervositet, men också av styrka.

"Det här albumet handlar om att vara sann mot sig själv," började hon. "Det har varit en lång resa, men jag är så tacksam för all stöd jag fått från Mia och Elsa och alla ni här ikväll."

När hon började sjunga, fylldes rummet med hennes kraftfulla röst. Hennes låtar berörde publiken djupt, och snart sjöng alla med. Det var en magisk stund, en bekräftelse på allt hårt arbete som lagts ner. Efter den lyckade kvällen insåg Mia och Elsa att de hade skapat något mer än bara ett skivbolag. De hade byggt en gemenskap där artister kunde växa och stödja varandra. Denna insikt fyllde dem båda med en ny glädje och motivation. De började planera framtiden för sitt skivbolag. Vad skulle nästa steg bli? De ville expandera, hitta fler talanger och fortsätta att skapa en plattform för unga artister. Kanske skulle de till och med arrangera workshops och festivaler där artister kunde mötas och skapa tillsammans. Mia kände att de var på väg mot något stort. Deras passion för musiken och deras engagemang för att hjälpa andra skulle fortsätta driva dem framåt.

När hösten övergick till vinter, satt Mia och Elsa i studion och diskuterade sina framtidsplaner. Det kändes som om de hade kommit så långt, men också som om det bara var början.

"Det finns alltid mer att göra, mer att skapa," sa Elsa med ett leende. "Vi har så många idéer och drömmar kvar."

Ny Inspiration

Vintern förde med sig en ny, kall vind, men också en känsla av förnyelse för Mia och Elsa. Med Zara som en blomstrande stjärna på deras skivbolag, insåg de att det var dags att utöka sin portfölj av artister ytterligare. De ville hitta fler unika röster, människor som kunde bidra med sina perspektiv och historier. Mia började undersöka musiksäkringar, och tillsammans med Elsa besökte de olika liveframträdanden och lokala musikscener. Det blev en ny tradition för dem, att besöka olika ställen för att upptäcka talanger och ge feedback till dem. En kväll, under ett öppet mikrofon-evenemang på ett litet café, blev de överraskade av en ung rappare vid namn Samira. Hennes ord flödade med kraft och autenticitet, och hennes texter berörde allt från personliga upplevelser till samhällsfrågor.

"Vi måste prata med henne," sa Elsa ivrigt efter hennes framträdande. "Det här är precis vad vi letar efter."

Dagen efter bokade de ett möte med Samira. När hon kom till studion, var hon nervös men också exalterad. Mia och Elsa introducerade sig och berättade om sitt skivbolag och dess vision.

"Vi gillar din stil och din röst," sa Mia. "Vi tror att du skulle passa perfekt in i vår gemenskap."

Samira lyste upp. "Det skulle vara en dröm som går i uppfyllelse. Jag vill skapa musik som verkligen betyder något." De började diskutera hennes vision och idéer för hennes debutalbum. Samira hade många tankar och var inte rädd för att dela dem, vilket imponerade på Mia och Elsa.

Inspelningen av Samiras album blev en dynamisk process. Hon hade en stark arbetsmoral och var alltid öppen för feedback, men hon stod också fast vid sin vision. Tillsammans med Zara, som nu var mer etablerad, kunde de skapa ett spännande samarbete. Mia och Elsa uppmuntrade dem att experimentera med olika stilar och genreblandningar. De använde allt från traditionell hiphop till elektroniska beats, och Samira och Zara började arbeta på gemensamma låtar. Det blev snabbt en intensiv kreativ miljö i studion, och alla fyra började bygga en stark vänskap. De delade historier, skrattade och stöttade varandra genom de utmaningar som uppstod. Trots den positiva energin stötte de på motgångar. Samira kämpade med pressen att representera sin kultur och sina erfarenheter, och ibland kände hon sig osäker på om hon skulle kunna leva upp till förväntningarna. En kväll när de arbetade sent, satt Samira tyst och stirrade på sina anteckningar. "Jag vet inte om jag kan göra detta," sa hon plötsligt. "Jag vill vara sann mot mig själv, men jag är rädd att jag inte duger."

Mia och Elsa delade sina egna erfarenheter av osäkerhet och press. "Det handlar inte om att vara perfekt," sa Mia. "Det handlar om att vara äkta. Din historia är det som gör dig unik. Lita på din röst." Zara, som också hade kämpat med sina egna osäkerheter, ställde sig bredvid Samira. "Vi är här för att stötta dig. Vi är ett team, och vi växer tillsammans." Samira tog deras ord till hjärtat. Efter några dagar av reflektion började hon öppna sig mer i sin musik. Hon skrev låtar som utforskade hennes identitet och erfarenheter, och det blev en viktig del av albumet. Hennes texter blev mer personliga, mer ärliga och resultaten var fantastiska. Samarbetet mellan Samira och Zara resulterade i en låt som blev en anthem för att kämpa mot osäkerhet och att våga stå upp för sig själv. När de spelade in den i studion, fylldes rummet av kraft och energi. När Samiras album var klart, var det dags för releasefesten. De valde att hålla den på samma café där Mia och Elsa hade upptäckt Samira. Det kändes som en full cirkel och en hyllning till deras resa tillsammans. Under festkvällen var lokalens väggar dekorerade med konstverk från lokala konstnärer, och stämningen var på topp. När Samira klev upp på scenen, kände hon nervositeten krypa tillbaka, men hon mindes Mias och Zaras stöd.

"Det här albumet handlar om att vara sann mot sig själv," sa hon till publiken. "Jag hoppas att ni kan känna er representerade genom min musik."

När musiken började spela och Samira började sjunga, fylldes rummet av en känsla av gemenskap och styrka. Hennes ord resonerade med publiken, som sjöng med och delade energin. Efter festen samlades Mia, Elsa, Zara och Samira i ett hörn av lokalen. "Det här har varit en fantastisk resa," sa Mia med ett leende. "Vi har skapat något som verkligen betyder något." Elsa tillade: "Och vi har visat att det är möjligt att vara sanna mot sig själva. Vi behöver fler sådana historier i musiken." Samira och Zara utbytte glada blickar. De kände att de inte bara hade skapat ett album, utan också en gemenskap av stöd och förståelse.

När våren kom, kände Mia och Elsa att de var redo för nästa steg. De planerade en festival där alla deras artister skulle få möjlighet att framträda. Det skulle bli en fest för musik, gemenskap och kreativitet en hyllning till allt de hade åstadkommit tillsammans.

Festival Förberedelser

Våren kom med en ny energi och förväntan, och Mia och Elsa satte igång med förberedelserna för festivalen. De ville skapa en unik upplevelse, en plats där deras artister kunde stråla och där publiken kunde upptäcka nya talanger. Planeringen involverade allt från att boka en lokal till att ordna mat, dryck och aktiviteter för besökarna. Zara och Samira blev djupt involverade i arrangemanget. De ville inte bara framträda, utan också bidra med sina idéer för att göra festivalen minnesvärd. Samira föreslog att de skulle ha en paneldiskussion med alla artister om musikens betydelse i samhället.

"Det skulle kunna vara en möjlighet att dela våra erfarenheter," sa hon entusiastiskt. "Att visa hur vi alla kämpar med liknande frågor."

Mia och Elsa älskade idén och började planera in diskussionerna i festivalprogrammet.

En oväntad twist

När festivaldagen närmade sig, fick de en oväntad nyhet, en av de mest populära artisterna i landet, Elin, ville framträda som hemlig gäst. Hon var känd för sina starka texter och hade en stor fanskara. Det var en dröm som gick i uppfyllelse för både Mia och Elsa, men de kände också pressen att leverera en perfekt upplevelse.

"Vi måste se till att allt är i ordning," sa Elsa nervöst. "Det här är en chans för oss att verkligen synas."

Mia höll med, men hon ville inte att pressen skulle påverka den kreativa atmosfären. "Vi får komma ihåg varför vi gör det här. För musiken och gemenskapen, inte bara för att imponera."

Dagen för festivalen kom, och stämningen var på topp. Lokalen var fylld av färgglada dekorationer och doften av mat från lokala matstånd. Besökare av alla åldrar samlades för att njuta av musiken och upplevelsen. Mia och Elsa sprang runt för att säkerställa att allt flöt på. Zara och Samira framträdde först, och deras energi fyllde rummet. Publiken sjöng med och klappade händerna i takt med musiken. Det var en magisk stund. Under paneldiskussionen delade artisterna sina historier om kamp, identitet och gemenskap. Det blev en djup och meningsfull konversation som berörde många i publiken.

Den hemliga gästen….

När det var dags för Elin att framträda, var
förväntningarna skyhöga. Publiken kände av spänningen
i luften, och när hon steg upp på scenen blev det ett jubel
som nästan lyfte taket. Elins framträdande var en
kraftfull hyllning till musiken och dess förmåga att föra
människor samman. Hennes texter berörde ämnen som
kärlek, kamp och hopp, och hela lokalen sjöng med i
refrängerna. Mia och Elsa stod i publiken med tårar i
ögonen. De kände att deras dröm var verklighet; de hade
skapat en plattform för konstnärer att uttrycka sig och nå
ut till andra.

Efter festivalen var stämningen euforisk. Artisterna
samlades i ett hörn för att dela sina upplevelser, och alla
var överens om att det hade varit en succé.

"Det här var något jag aldrig kommer att glömma," sa
Zara med ett stort leende. "Vi har verkligen byggt något
speciellt tillsammans."

Samira instämde. "Och att få träffa Elin var en dröm.
Hon är en så stor inspiration."

Under de följande veckorna fortsatte de att diskutera
framtiden för skivbolaget. De ville expandera och ge fler
artister möjlighet att nå ut till världen. "Vad sägs om vi
organiserar fler festivaler, kanske till och med turnéer?"

föreslog Elsa. "Vi kan börja bygga en gemenskap över hela landet." Mia nickade, ivrig över idén. "Och vi kan skapa mentorprogram för unga artister. Jag skulle vilja se fler kvinnor i branschen som stöder varandra." Med den nya energin började de planera för en ny festival, men denna gång skulle den bli ännu större. De ville inkludera workshops, öppna mikrofoner och mer interaktivt innehåll för att involvera publiken.

Mia och Elsa nådde ut till flera artister och började skapa samarbeten med andra skivbolag och organisationer. De ville göra festivalen till en plattform för nya röster och idéer. Under arbetet med den nya festivalen insåg de hur mycket gemenskapen hade vuxit. Artister från olika bakgrunder började samarbeta, och det kändes som om de alla arbetade mot samma mål att göra musiken mer inkluderande och representativ. Zara och Samira började även skapa en egen podcast där de diskuterade musik, skapande och identitet. De ville dela sina erfarenheter och bjuda in andra unga artister att göra detsamma. Festivalen närmade sig med stormsteg, och stämningen var elektrisk. Förberedelserna var intensiva, men Mia och Elsa kände att de var på rätt väg. De hade nu en starkare gemenskap än någonsin, och det kändes som om de verkligen kunde göra skillnad.

Zara och Samira var nervösa men exalterade inför sin uppträdande. "Det här är vår chans att visa vad vi går för," sa Zara. Mia och Elsa kände stolthet över sina artister. De hade blivit mer än bara en del av skivbolaget; de hade blivit en familj.

Utmaningar i expansionen

Efter festivalens succé var Mia och Elsa mer motiverade än någonsin att expandera sitt skivbolag och skapa en ännu större plattform för unga artister. Men med tillväxten kom också nya utmaningar. Att hantera allt från finansiella frågor till logistiska problem började tära på dem båda.

En kväll, efter en lång dag på kontoret, satt Mia och stirrade på de oändliga kalkylarken på sin dator. "Det känns som vi håller på att drunkna i allt detta", sa hon med en suck till Elsa som satt bredvid.

"Jag vet", svarade Elsa trött. "Vi har så många fantastiska idéer, men vi behöver mer resurser för att kunna förverkliga dem. Vi måste anställa fler och kanske till och med hitta investerare."

Tankarna på att ta in externa investerare oroade dem båda. De ville behålla kontrollen över sitt bolag och säkerställa att deras värderingar och vision förblev oförändrade.

"Men vi behöver stöd," konstaterade Mia. "Om vi inte växer rätt nu, kanske vi tappar farten."

Några veckor senare bokade de ett möte med en potentiell investerare, en man vid namn Erik som hade ett intresse för kreativa branscher. Han hade investerat i flera framgångsrika startups tidigare och såg potentialen i Mias och Elsas skivbolag. Under mötet presenterade Mia och Elsa sina planer för framtiden en festivalturné, fler mentorskapsprogram och en expansionsstrategi för att ta in internationella artister. Erik lyssnade noga och verkade imponerad.

"Jag tror verkligen på vad ni gör," sa han. "Det är sällsynt att se ett skivbolag med så mycket hjärta och passion. Jag skulle gärna investera i er, men jag vill också se till att det finns en tydlig plan för hur ni ska skala upp." Mia och Elsa tittade på varandra. Det här var ett viktigt ögonblick. De var medvetna om att med Eriks investering skulle de få den finansiella trygghet de behövde, men också riskera att förlora något av den frihet de värderade så högt. Efter mötet spenderade Mia och Elsa timmar med att diskutera Eriks erbjudande. De visste att det skulle vara en möjlighet att expandera, men de var osäkra på vad det skulle innebära för deras kreativa frihet.

"Vi måste vara försiktiga", sa Mia. "Jag vill inte att vi tappar vår vision bara för att vi växer."

Elsa höll med, men hon påpekade också att utan extern hjälp skulle de ha svårt att hantera efterfrågan och den växande arbetsbördan. "Vi måste hitta en balans. Vi kan inte göra allt själva längre."

De beslöt sig för att tacka ja till Eriks investering, men med tydliga villkor. De ville behålla kontrollen över de kreativa besluten och säkerställa att deras artisters röster alltid skulle vara i fokus.

Expansionen tar fart

Med Eriks investering i ryggen började skivbolagets expansion ta form. De anställde fler människor , marknadsförare, bokare och mentorer, och kunde nu börja bygga upp en stabil struktur. Det innebar också att de kunde erbjuda sina artister ännu bättre resurser och stöd för deras karriärer. Zara och Samira, som nu hade blivit skivbolagets två största stjärnor, hjälpte också till att mentorera nya artister som kom in. De såg sig själva som förebilder och ville ge tillbaka till den gemenskap som stöttat dem från början.

Mia och Elsa fokuserade på att stärka banden inom musikindustrin. De började samarbeta med större festivaler och bokningsbolag både i Sverige och utomlands. Skivbolaget fick uppmärksamhet för sin inkluderande vision och blev snabbt ett namn på mångas radar. Som ett nästa steg i deras tillväxtplan beslutade de att organisera en turné för sina artister. Zara, Samira och några av de nya talangerna skulle åka på en internationell turné som skulle besöka flera städer i Europa och USA. Det var en enorm satsning för ett relativt litet bolag, men Mia och Elsa kände att det var rätt tidpunkt.

"Vi kan inte vänta längre," sa Elsa under ett av deras planeringsmöten. "Det här är vår chans att visa världen vad vi går för."

Turnén blev en logistisk mardröm med allt som skulle samordnas , resor, boenden, konserter och marknadsföring. Men med sitt utökade team lyckades de få allt på plats, och snart var artisterna på väg mot sin första show i Berlin. Turnén blev både en framgång och en lärorik upplevelse. Zara och Samira tog emot strålande recensioner, och deras musik fick internationell uppmärksamhet. De nya talangerna fick också en chans att visa upp sig för en bredare publik.

Men allt gick inte enligt plan. I London drabbades Samira av scenskräck precis innan ett viktigt framträdande. Mia och Elsa, som var på plats, fick agera snabbt och stöttade henne.

"Du har klarat så mycket hittills," sa Elsa mjukt när hon satt bakom scenen med Samira. "Du behöver inte vara perfekt, bara vara dig själv." Samira nickade och tog några djupa andetag innan hon steg ut på scenen. Trots sina nerver genomförde hon en fantastisk show, och publiken älskade henne.

Efter månader på turné återvände de till Sverige med en nyvunnen framgångskänsla, men också med en insikt om hur mycket arbete som krävdes för att hålla igång allt. Skivbolaget hade vuxit snabbt, och Mia och Elsa insåg att de behövde hitta balans för att inte bränna ut sig.

"Vi har kommit så långt," sa Mia en kväll när de satt på kontoret efter en lång arbetsdag. "Men vi måste också ta hand om oss själva."

Elsa log och höll med. "Vi kan inte glömma varför vi började med allt detta. Vi behöver tid för att vara kreativa också, inte bara för att driva en affär."

De bestämde sig för att skala tillbaka något av den intensiva tillväxttakten och fokusera mer på att skapa ett hållbart arbetsklimat för både dem själva och sina anställda. De började prioritera återhämtning och kreativ tid för både sig själva och sina artister. Mia och Elsa insåg att deras styrka låg i att vara ett skivbolag med hjärta, där alla röster fick höras och där kreativitet fick stå i centrum. Genom att hålla fast vid den visionen, var de redo att fortsätta sin resa, en som nu sträckte sig utöver Sveriges gränser och in i en global musikvärld.

Ett nytt kapitel börjar

Efter att ha beslutat att ta ett steg tillbaka för att åter hitta balansen mellan kreativitet och affärer, kände Mia och Elsa en inre lättnad. De hade alltid drömt om att skapa en plattform för artister, men insåg nu att de också behövde vårda sin egen kreativitet och passion. Med denna nya insikt började de planera för framtiden med ett annat perspektiv.

"Vi behöver skapa ett utrymme där vi kan experimentera med musik igen, bara för vår egen skull," föreslog Mia en dag när de satt och gick igenom idéer på kontoret.

"Precis," sa Elsa och nickade ivrigt. "Vi måste hitta tillbaka till varför vi älskade musik från början, utan att hela tiden tänka på nästa stora projekt eller affärsbeslut."

Mia och Elsa bestämde sig för att bygga en musikstudio, en plats där de och deras artister kunde skapa fritt, utan press från marknaden eller industrin. Studion skulle vara öppen för både etablerade och nya artister, och tanken var att det skulle vara ett kreativt nav där olika genrer och stilar kunde blandas. Zara och Samira var bland de första att visa sitt stöd för idén. "Att ha en plats där vi kan experimentera och skapa tillsammans utan deadlines skulle vara fantastiskt," sa Samira. "Ibland känns det som vi alltid jobbar mot klockan."

Byggandet av studion blev ett passionerat projekt, där Mia och Elsa involverade sina artister och medarbetare i designprocessen. De ville att det skulle kännas som en trygg plats, med utrymme för att både spela in musik, diskutera idéer och bara hänga. När studion stod klar blev den snabbt en mötesplats för olika kreativa själar, musiker, låtskrivare, poeter och konstnärer. Det utvecklades till ett kreativt kollektiv där alla var välkomna att bidra. En av de första dagarna bjöd de in alla sina artister för en gemensam jam-session. Zara plockade upp sin gitarr och började spela en melodi som snabbt fick fäste hos de andra. Samira tog micken och improviserade fram texter medan de andra musikerna hakade på. Det var en magisk stämning i rummet, och Mia och Elsa såg varandra med ett leende. Det här var precis vad de hade drömt om, en plats där musiken kunde flöda fritt, utan några begränsningar.

"Det känns som om vi har hittat hem," sa Mia efteråt när de satt med varsin kopp kaffe i soffan och såg de andra artisterna fortsätta skapa. "Här kan vi verkligen bygga något nytt."

Nya röster tar plats

Med studion i full gång började Mia och Elsa upptäcka nya talanger som letade sig dit. En ung kvinna vid namn Maja, som nyligen hade flyttat till Stockholm från en liten stad i Norrland, blev snabbt en av studions mest regelbundna gäster. Hennes unika röst och förmåga att skriva gripande texter fångade Mias och Elsas uppmärksamhet.

"Hon har något speciellt," sa Elsa en kväll efter att ha lyssnat på Majas demo. "Vi borde satsa på henne."

Maja var till en början blyg och osäker på sin musik, men med stöd från Mia, Elsa och de andra artisterna började hon blomma ut. Hon blev en symbol för vad studion kunde åstadkomma, att ge nya röster en chans att höras och utvecklas i en trygg miljö. Samtidigt som studion blev en plats för kreativ utveckling, började skivbolagets internationella arbete bära frukt. Turnén som Zara och Samira hade genomfört skapade ett stort intresse för deras musik även utanför Sveriges gränser, och internationella medier började rapportera om skivbolagets unika vision.

En dag kom en ung musiker vid namn Liv till deras kontor. Hon var blygsam men hennes demo skakade om hela rummet. Hennes musik var känslosam och berörde ämnen som få andra vågade. Hon hade ett sätt att skriva som kändes som poesi men med en elektrisk energi.

"Hon har något speciellt," sa Elsa, när Liv hade gått. "Vi måste ge henne en chans."

Mia nickade, med ett leende som sa att hon tänkte exakt samma sak. När Liv signades till skivbolaget, såg Mia och Elsa det som en möjlighet att forma henne till nästa stora stjärna. Men de ville inte bara agera som producenter eller affärspartners, de ville vara mentorer. Det var något som de själva hade behövt när de startade sin resa och något de ville ge vidare till nästa generation. Samira och Zara, som nu blivit mer än bara artister på skivbolaget, tog Liv under sina vingar. De hjälpte henne att navigera den komplicerade världen av musikproduktion, liveframträdanden och mediehantering. Samira, som själv gått igenom tuffa perioder med scenskräck och självförtroendeproblem, blev en särskilt viktig mentor för Liv.

"Du behöver inte vara perfekt från början," sa Samira en kväll efter en repetition session. "Det är okej att vara rädd. Det är det som gör dig mänsklig, och det är det publiken kommer att älska."

Liv, som alltid hade känt sig lite osäker på om hennes musik verkligen skulle nå fram, fann tröst i Samiras ord. De byggde en relation som var djupare än bara

professionell, det blev ett systerskap som skulle visa sig
ovärderligt under de kommande månaderna.

Det stora genombrottet

Livs första singel släpptes på skivbolaget och mottogs med öppna armar av både kritikerkåren och publiken. Hennes unika sound, en blandning av alternativ rock och poetiska texter, satte henne direkt på kartan. Radioshower och musikbloggar började prata om henne som "den nya rösten av sin generation". Mia och Elsa såg med stolthet hur deras nya artist blomstrade. Det kändes som om skivbolaget hade hittat sin nästa stjärna, men de visste också att framgången kom med sitt pris. Den ökande uppmärksamheten skapade en press som Liv inte var van vid.

"Jag är så glad för att allt går bra," sa Liv en dag när hon var på kontoret. "Men ibland känns det som om det går för snabbt."

Mia satte sig ner bredvid henne. "Vi finns här för dig, Liv. Det här är din resa, och du bestämmer tempot. Glöm aldrig varför du gör musiken."

Liv log, tacksam för det stöd hon fått från alla på bolaget. Men även med deras stöd, visste hon att hon stod inför sin största utmaning, att fortsätta vara sann mot sig själv i en värld som ofta ville forma artister till något de inte var. Efter succén med singeln fick Liv erbjudandet om att åka på en Europaturné. Det var ett drömjobb för en ny artist, men det var också skrämmande. Mia och Elsa var tveksamma till om det var rätt tidpunkt, men Liv insisterade.

"Jag vill prova," sa hon. "Jag känner att jag måste visa världen vem jag är."

Med stor försiktighet och noggranna förberedelser satte de ihop en turnéplan. Liv skulle resa tillsammans med Samira, som också hade blivit en mentor och nära vän. De två skulle dela scen, med Samira som en trygg punkt för Liv att luta sig mot när nerverna blev för starka.Turnén startade i Amsterdam, och första showen var fullsatt. Liv klev upp på scenen, nervös men fylld av adrenalin. När hon började spela sina första ackord försvann dock all osäkerhet. Hennes röst fyllde rummet, och publiken satt andäktigt. Det var som om hennes musik skapade ett band mellan henne och varje person där inne.

Medan Liv var ute på turné började Mia och Elsa fundera över hur de skulle ta skivbolaget till nästa nivå. Deras internationella framgångar hade öppnat dörrar, men de ville inte tappa kontakten med det som gjort deras skivbolag så speciellt från början, den familjära stämningen, kreativiteten och stödet för artisterna.

De hade också fått fler förfrågningar från större skivbolag som ville samarbeta eller till och med köpa upp deras företag. Det var ett smickrande erbjudande, men det skulle innebära att de riskerade att förlora kontrollen över sitt bolag och den vision de byggt upp under åren.

"Det är lockande," sa Elsa en dag medan de diskuterade en stor affär som hade dykt upp. "Men vi har alltid velat göra det här på vårt sätt."

Mia höll med. "Pengarna är inte allt. Vi har skapat något unikt här, och vi måste skydda det."

De bestämde sig för att hålla fast vid sitt självständiga skivbolag och fortsätta växa på sina egna villkor, även om det betydde att det skulle ta lite längre tid. Det var viktigt för dem att inte tappa själen i vad de har byggt upp.

Livets utmaningar

Under turnén stötte Liv på sina egna prövningar. Hon älskade att spela, men livet på vägarna var tufft. Den konstanta resan, pressen att prestera och den ständiga uppmärksamheten började ta ut sin rätt. Hon insåg att den där drömmen hon alltid haft om att bli artist kom med en baksida som ingen riktigt förberett henne för.

Samira, som själv hade gått igenom liknande upplevelser, pratade ofta med Liv om vikten av att hitta balans. "Du måste ta hand om dig själv, Liv. Ingen annan kommer göra det åt dig."

Efter en särskilt krävande kväll i Berlin, där Liv nästan bröt ihop efter ett framträdande, tog hon ett svårt men nödvändigt beslut. Hon behövde en paus. Turnén fick avslutas tidigare än planerat. När Liv återvände till Sverige möttes hon av kärlek och förståelse från Mia och Elsa. "Vi förstår, Liv. Du gjorde helt rätt", sa Mia lugnande. "Det viktigaste är att du mår bra."

Efter turnén började skivbolaget återigen hitta sin rytm. Liv började sakta arbeta på ny musik, denna gång med en djupare förståelse för sig själv och sin plats i musikvärlden. Samtidigt fortsatte Mia och Elsa att utveckla sin vision för framtiden. De började satsa mer på hållbarhet och mental hälsa inom musikbranschen, och skapade initiativ för att ge sina artister det stöd de behövde för att orka i längden. Med Liv som en av deras starkaste röster, och med Zara och Samira som stabila pelare i bolagets artiststall, kändes det som om de hade byggt något som kunde stå emot både tidens och branschens prövningar.

Tiden efter Livs turné blev ett avgörande ögonblick för Mia och Elsa. Deras skivbolag hade inte bara överlevt de tuffa utmaningarna de stött på, utan också vuxit och anpassat sig till den ständigt föränderliga musikindustrin. Men de började inse att det fanns fler vägar att utforska. Med både nationella och internationella framgångar under bältet började de diskutera vad som skulle bli nästa steg för bolaget.

En dag när de satt på kontoret, där solljuset sken in genom fönstret och en vinylspelare snurrade i bakgrunden, tog Elsa upp en ny idé.

"Jag har tänkt på något," sa hon, med ett eftertänksamt leende. "Vi har byggt ett namn inom musiken, men vad om vi börjar fundera på något bredare? Vad om vi går in i film och kultur? Vi har alltid fokuserat på berättelser, och musik är bara en del av det."

Mia höjde ögonbrynen. "Film? Du menar att producera filmer?"

Elsa nickade. "Inte bara filmer. Vi kan börja smått. Musikvideor som lyfter fram våra artister, dokumentärer om deras resor, eller till och med kortfilmer. Vi har så många begåvade människor runt oss, varför inte använda den kreativiteten på fler sätt?"

Mia tänkte på det en stund. Idén var stor och krävde resurser de ännu inte hade. Men det var också spännande. De hade alltid varit förälskade i berättelser, och nu fanns det möjlighet att utforska andra medium.

"Det skulle kräva tid och fokus, men jag gillar tanken," svarade Mia efter en stund. "Och vi har alltid velat utmana oss själva. Låt oss utforska det här."

Skapandet av en ny vision

Med filmprojektet i sikte började Mia och Elsa leta efter talanger som kunde hjälpa dem att förverkliga sina visioner. Genom sitt nätverk träffade de en ung filmskapare vid namn Sonja en ambitiös och kreativ regissör som delade deras passion för att lyfta fram unika röster och historier.

Sonja hade just avslutat en kortfilm som fått uppmärksamhet på en mindre filmfestival, och när hon fick höra om Mia och Elsas planer blev hon genast intresserad. "Jag tror verkligen att musik och film är två av de mest kraftfulla sätt vi kan uttrycka oss på," sa Sonja under deras första möte. "Och jag skulle älska att hjälpa till att utveckla något som blandar dessa två världar."

De bestämde sig för att börja med en dokumentärserie där de följde några av bolagets artister, inklusive Liv, Zara och Samira, för att ge världen en inblick i deras kreativa processer och de personliga strider de genomgick. Det skulle bli en intim serie som inte bara handlade om musik, utan också om de människor som skapade den. Den första inspelningsdagen för dokumentärserien kom snabbt. Kameror riggades upp i skivbolagets studio, och Mia och Elsa kände både nervositet och förväntan när de såg Sonja och hennes team förbereda scenerna.

Liv, som hade kommit tillbaka starkare än någonsin efter sin paus, var en av de första som skulle intervjuas. Hon hade alltid varit en tillbakadragen person, men något med att få dela sin resa på ett djupare plan verkade stärka henne. När kameran började rulla och Sonja ställde sina frågor, öppnade Liv upp på ett sätt som ingen tidigare sett."Musik har alltid varit mitt sätt att förstå världen," sa Liv, hennes blick fokuserad, men mjuk. "Men ibland kan världen bli för mycket, och då måste man lära sig att hitta balans. Det är något jag fortfarande kämpar med, men jag känner att jag är på väg åt rätt håll nu."

Mia och Elsa satt tysta och lyssnade, rörda över Livs ärlighet. De insåg att dokumentären inte bara skulle bli en framgångsrik produktion, utan också en viktig plattform för att visa hur musiker inte bara var artister , de var människor med komplexa liv och utmaningar, precis som alla andra.

Dokumentärens framgång

När dokumentärserien hade sin premiär på en mindre streamingtjänst, möttes den med oväntat stort gensvar. Publiken uppskattade den råa ärligheten och insikten i artisternas liv. Serien blev snabbt en snackis på sociala medier, där tittare delade sina egna berättelser om kampen för att balansera drömmar och verklighet. Recensionerna var överväldigande positiva. Kritiker hyllade skivbolagets mod att visa de sårbara sidorna av musikindustrin, och många unga artister kände igen sig i de utmaningar som Liv, Samira och de andra talade om. Det blev tydligt att Mia och Elsa hade träffat rätt med sitt nya fokus. Deras skivbolag var inte längre bara en plattform för musik, utan också en röst för hela kreativa uttryck, där människors berättelser fick ta plats och bli hörda.

Med framgången i ryggen började de redan planera för nästa projekt – en spelfilm om en ung kvinnas resa genom musikvärlden, inspirerad av deras egna erfarenheter och artister de arbetat med. Samtidigt som deras kreativa projekt växte, insåg Mia och Elsa att de också behövde förbereda sig för nästa generation av talanger. De hade alltid sett sitt bolag som en plattform för unga artister att utvecklas, men nu ville de ta det ett steg längre. De startade ett program där de mentorade unga producenter och låtskrivare, inte bara från Sverige utan också internationellt. Programmet fokuserade på att ge unga kreativa människor verktyg att navigera branschen, samtidigt som de lärde sig vikten av att hitta sin egen unika röst.

En av de nya deltagarna var en 19-årig producent från Paris, vid namn Adam. Han hade skickat in sina beats till skivbolaget och imponerat på Mia och Elsa med sitt moderna men samtidigt tidlösa sound. Adam blev snabbt en del av skivbolagsfamiljen, och hans musik började användas i flera av de projekt som Mia och Elsa jobbade med.

"Det här känns som början på något större," sa Mia en kväll när de pratade om programmet. "Vi har skapat en plats där alla, oavsett var de kommer ifrån, kan bidra med sina idéer och få dem att växa."

En oväntad möjlighet

Några månader efter att skivbolaget expanderat med sina film- och dokumentärprojekt, fick Mia och Elsa ett oväntat telefonsamtal från en stor internationell filmfestival i Cannes. Festivalledningen hade sett deras dokumentärserie och var imponerade över hur de lyckats väva ihop musik och film på ett så intimt och konstnärligt sätt. De ville att Mia och Elsa skulle visa dokumentären på festivalen, inte bara som en filmvisning utan som en del av ett panelsamtal om musik och konst i filmvärlden.

"Det här är stort," sa Mia när de lagt på. "Cannes! Det här kan verkligen sätta oss på den internationella kartan."

Elsa nickade, fortfarande chockad. "Vi måste vara förberedda. Det här är inte bara en chans att visa upp vad vi har gjort, det är också en möjlighet att knyta kontakter med världens mest inflytelserika filmskapare och producenter."

De visste att det skulle bli en hektisk tid fram till festivalen. De började förbereda sig, satte upp möten med sitt team och jobbade på sitt panelsamtal. Liv, Samira och Zara, som alla medverkat i dokumentären, blev inbjudna att följa med och delta i samtalen på scenen. För dem var det en chans att dela sina personliga berättelser inför en internationell publik. När dagen för avresan kom var det en märklig känsla av både spänning och nervositet i luften. Cannes var en plats där drömmar kunde förverkligas, men också en scen där varje misstag blev förstorat. Mia och Elsa ville göra sitt bästa för att representera både sitt bolag och sina artister på bästa möjliga sätt. De landade i Nice, där solen sken och havet glittrade. Cannes var precis så glamoröst som de hade hört, med röda mattor, kändisar och en atmosfär av kreativitet och ambition. Men för Mia och Elsa handlade det inte bara om glamour, de ville använda detta tillfälle för att visa världen vad deras skivbolag stod för. Under de första dagarna deltog de i flera nätverksevent och träffade både filmproducenter och musikindustrifolk. De kände att de var på rätt plats vid rätt tidpunkt, och deras idéer om att blanda musik och film togs emot med öppna armar.

Den stora dagen för deras panelsamtal kom snabbare än väntat. Salongen där de skulle tala var fylld med människor, filmskapare, producenter och musikjournalister från hela världen. Sonja som regisserat dokumentären, satt bredvid dem på scenen, medan Liv, Samira och Zara satt på första raden. Panelsamtalet handlade om kraften i att berätta personliga historier genom musik och film, och Mia och Elsa delade med sig av sina erfarenheter från att bygga sitt skivbolag och sina projekt från grunden. "Musik och film är två olika konstformer, men de delar en gemensam nämnare, det handlar om känslor," sa Elsa med övertygelse i rösten. "Och i vår värld, där allt går så snabbt, tror vi att det är viktigt att sakta ner och verkligen lyssna på människors berättelser."

Mia fortsatte, "När vi skapade dokumentären ville vi inte bara visa upp våra artisters framgångar, utan också deras kamp och personliga resor. Vi tror att det är det som gör musik levande , när den speglar människan bakom varje ton." Efter panelsamtalet fick de stående ovationer. Det var tydligt att de hade nått fram med sitt budskap, och flera filmproducenter kom fram till dem efteråt för att diskutera möjliga framtida samarbeten. Efter deras framträdande på Cannes fick Mia och Elsa ta emot erbjudanden som de aldrig tidigare hade kunnat drömma om. En stor internationell producent ville samarbeta med dem för att skapa en långfilm baserad på skivbolagets artister och deras liv. En annan ville att de skulle producera en serie om musiker från hela världen, som kämpade för att slå igenom.

Med dessa nya möjligheter framför sig, insåg de att skivbolaget var på väg att bli något mycket större än de någonsin kunnat föreställa sig. De var nu inte bara musikproducenter, utan också kreativa ledare som formade hela kulturprojekt som nådde ut till en global publik. De återvände till Sverige med huvudet fyllt av idéer och hjärtat fyllt av förväntan. Men de visste att de behövde hålla fast vid det som alltid varit kärnan i deras arbete, att sätta musiken och artisterna först. Trots alla stora erbjudanden och spännande projekt, var det alltid de personliga berättelserna som skulle stå i centrum.

Skivbolaget expanderar

Med de nya projekten på gång började Mia och Elsa planera hur de skulle hantera den växande arbetsbördan. De anställde nya talanger unga filmskapare, producenter och kreativa personer som delade deras vision. Deras kontor växte, och det blev snart ett nav för konstnärer, musiker och filmskapare som samarbetade och delade idéer. De lanserade också ett nytt program som riktade sig till unga kreativa människor med begränsade resurser, där de fick tillgång till skivbolagets studio och professionella vägledning. Det blev en enorm succé, och flera nya artister och producenter upptäcktes genom programmet. En av dessa talanger var en ung sångerska vid namn Alva, vars röst var så kraftfull och unik att Mia och Elsa visste direkt att hon skulle bli nästa stora stjärna. Alva började arbeta med bolagets producenter och utvecklade snabbt ett sound som blandade modern pop med influenser från 80-talets rockscen , en blinkning till den era som en gång hade format Mia.

Trots den växande framgången var Mia och Elsa medvetna om att de aldrig ville förlora sin grundprincip, att alltid arbeta nära sina artister och behålla en familjär känsla på skivbolaget. Det var något de diskuterade ofta när de satt uppe sena kvällar och jobbade på nya projekt.

"Det är lätt att tappa bort sig när allt går så snabbt," sa Mia en kväll. "Men vi måste fortsätta komma ihåg varför vi började med det här från första början."

Elsa höll med. "Vi gjorde det här för att ge artister en plats där de kunde vara sig själva. Det får vi aldrig kompromissa med, oavsett hur stora vi blir."

De visste att framgången kom med utmaningar, men de var fast beslutna att hålla fast vid sin vision. Deras skivbolag var inte bara ett företag, det var en plats där kreativa själar kunde blomstra, där musiken alltid skulle vara i centrum, och där varje artist skulle känna sig sedd och hörd.

Trots alla framgångar kände Mia och Elsa att världen omkring dem förändrades snabbare än någonsin. Med digitaliseringen av musikindustrin och den explosiva tillväxten av streamingtjänster hade mycket av den personliga kontakten mellan artister och publik börjat försvinna. Det var något som oroade dem, särskilt eftersom deras vision alltid varit att skapa nära och meningsfulla relationer mellan artisterna och deras fans.

En dag, medan de satt och gick igenom sina senaste projekt på kontoret, tog Elsa upp en fråga som legat på hennes hjärta.

"Mia, har du märkt hur snabbt allt går nu? Det känns som om musiken har blivit en produkt, bara något som konsumeras och slängs bort. Var är själen i det hela?"

Mia suckade och nickade. "Ja, jag har också känt det. Artisterna vi jobbar med lägger ner så mycket tid och känsla i sina låtar, men ofta känns det som att det försvinner i mängden. Vad kan vi göra åt det?"

Elsa tystnade en stund innan hon försiktigt sa "Kanske vi borde tänka om hur vi når vår publik. Inte bara genom streaming utan något mer... interaktivt, personligt. Kanske vi borde återuppliva liveframträdanden på ett nytt sätt?"

Den digitala scenen

Idén om att förnya liveframträdanden ledde dem till att utforska det som blivit allt mer populärt på senare tid, liveströmmade konserter och interaktiva upplevelser online. Men de ville inte bara nöja sig med traditionella liveströmmar. De ville skapa något som verkligen engagerade fansen och samtidigt återupprättade den närhet som försvunnit i den digitala världen.

Med hjälp av Sonja och deras kreativa team började de utveckla ett koncept för en "digital scen", en plattform där artister kunde uppträda live inför en global publik, men där interaktionen var central. De föreställde sig att fans skulle kunna delta i konserterna, ställa frågor till artisterna, rösta på låtar i realtid och till och med få en chans att "mötas" genom specialdesignade digitala rum.

När de presenterade idén för Liv, Samira och Zara blev responsen överväldigande positiv.

"Det här låter som något helt annat än vanliga liveströmmar," sa Liv entusiastiskt. "Det skulle verkligen ge oss en chans att återknyta till våra fans på ett djupare plan. Jag är helt på!"

Efter månader av utveckling och planering var det äntligen dags för lanseringen av den digitala scenen. Mia och Elsa hade investerat både tid och resurser för att skapa en plattform som verkligen skulle sticka ut, och för att fira premiären hade de bjudit in Liv att uppträda som huvudartist. Samira och Zara skulle också medverka som en del av en unik, interaktiv eftershow. Kvällen för premiären var fylld av förväntan. Fans från hela världen hade loggat in, och när Liv klev upp på den virtuella scenen möttes hon av tusentals digitala avatarer som representerade hennes globala publik. Ljuset på scenen förändrades i takt med musiken, och publiken kunde direkt påverka färger, ljus och visuella effekter genom sina enheter.

Liv började med en av sina mest populära låtar, men mellan låtarna pratade hon direkt med publiken, svarade på frågor och delade personliga historier. Under ett särskilt känslosamt ögonblick bad ett fan Liv att spela en låt som betydde mycket för henne, och Liv, rörd av den personliga berättelsen, gick direkt in i en akustisk version av låten, något som aldrig skulle ha hänt under en vanlig konsert. Det var en framgång över alla förväntningar. Fansen var överlyckliga över att få vara en del av upplevelsen, och artisterna själva kände en ny nivå av närhet till sin publik. Liv beskrev det som en av de mest känslosamma spelningarna hon någonsin gjort, trots att det var digitalt.

Efter den lyckade lanseringen av den digitala scenen insåg Mia och Elsa att de hade träffat en nerv i musikvärlden. Deras plattform var inte bara en tillfällig trend utan något som kunde förändra hur artister och fans interagerade med varandra. De fick snabbt erbjudanden om samarbeten från andra skivbolag och till och med teknikföretag som ville använda deras koncept. Men Mia och Elsa var noga med att inte rusa in i något. De ville behålla kontrollen över sin skapelse och se till att varje steg de tog var i linje med deras vision.

"Vi har alltid fokuserat på artister och deras historier," påminde Elsa Mia under ett möte med potentiella samarbetspartners. "Det får vi aldrig tappa bort, oavsett hur stort det här blir."

Tillsammans började de utveckla nya funktioner för plattformen, där fans kunde vara med och bidra till musiken i realtid. Ett projekt där fans kunde skicka in sina egna melodier och beats, som artisterna sedan inkorporerade i sina låtar under liveströmmarna, blev snabbt en succé. Det skapade en känsla av att varje framträdande var unikt och oförutsägbart.Med den digitala scenen som en viktig del av deras verksamhet, expanderade Mia och Elsa skivbolagets räckvidd ytterligare. De började arbeta med artister från olika delar av världen, och snart hade de både europeiska, amerikanska och asiatiska artister under sitt paraply.

Samtidigt fortsatte de att hålla fast vid sina rötter. Trots deras tekniska innovationer och internationella framgångar återvände de ofta till sina mindre, intima sessions med nya artister och producenter i den lilla studion där allt började.

Under ett av deras mer avslappnade möten, när de satt tillsammans i studion och lyssnade på Alvas senaste låtar, tog Mia ett djupt andetag och tittade på Elsa.

" Jag är så glad att vi gör detta tillsammans som mor och dotter och vi får heller aldrig släppa den relationen"

Elsa log. "Ja vi får aldrig glömma bort den relationen mamma"

Det oförutsedda mötet

Några månader efter den framgångsrika lanseringen av den digitala scenen började vardagen lugna sig en aning. Mia och Elsa arbetade vidare med skivbolaget, men insåg att de kunde behöva något nytt för att fortsätta utvecklas.

En kväll efter ett möte om framtida projekt satt de kvar på ett litet kafé nära sitt kontor, och Elsa märkte att Mia var ovanligt tyst.

"Vad tänker du på?" frågade Elsa och tog en klunk av sitt kaffe.

Mia lutade sig tillbaka i stolen och tittade ut genom fönstret. "Jag tänker på varför vi började med det här. Allt vi har byggt är fantastiskt, men ibland känns det som om vi tappar bort varför vi älskar musiken. Det är som om vi behöver något... något äkta."

Elsa nickade. Hon kände likadant men hade inte vågat sätta ord på det. De hade båda blivit uppslukade av framgången och tempot i branschen, och någonstans på vägen hade de förlorat något personligt i det hela. Samma kväll, när de bestämde sig för att gå hem, möttes de av en äldre man som satt på trottoaren utanför kaféet och spelade gitarr. Han sjöng med en raspig röst som var fylld av känslor. Det var ingen avancerad teknik, inga ljuseffekter eller avancerade arrangemang bara ren, naken musik. Mia och Elsa stannade och lyssnade, trollbundna av mannens råa uttryck.

"Det här," viskade Mia. "Det här är varför vi älskar musik."

Efter att mannen slutat spela gick de fram och pratade med honom. Han hette Oskar , en musiker från 70- och 80-talet som aldrig riktigt slagit igenom men som spelat för sitt eget hjärtas skull i alla år. De bjöd honom på kaffe och pratade i timmar. Mötet med Oskar väckte något inom dem. De insåg att det fanns massor av talanger där ute, människor som älskade musik men som aldrig fått chansen att höras. De bestämde sig för att starta ett nytt projekt, ett slags musiksatsning som skulle fokusera på äldre musiker och artister som fallit mellan stolarna i den moderna musikindustrin.

"Vi har alltid arbetat för att lyfta fram röster som inte hörs," sa Elsa när de satt och skissade på idén. "Men vad händer med de musiker som fortfarande har så mycket att ge, men som blivit bortglömda av branschen?"

De kallade projektet "Retro Revival", en plattform för musiker från tidigare årtionden som hade historier att berätta och musik att spela, men som behövde en ny plattform för att nå ut. Oskar blev deras första officiella artist och fick spela in ett album i deras studio, med hjälp av både gamla och nya musiker. Projektet blev snabbt en framgång, inte bara bland äldre musikfans utan även bland yngre generationer som upptäckte musik från tidigare årtionden genom ett nytt perspektiv. Oskar blev en kultfigur, och andra musiker från hans generation började höra av sig. Med "Retro Revival" fick Mia och Elsa återigen känslan av att de bidrog till något större än sig själva. De blev uppmanade att arrangera livekonserter där både nya och gamla artister kunde dela scenen. Det resulterade i en serie konserter som startade i Sverige men snabbt expanderade till andra delar av Europa och senare även till USA.

Turnén blev en kulturell sensation. Att blanda etablerade, äldre musiker med nya talanger skapade en unik upplevelse som ingen annan i musikbranschen hade försökt. Konserterna var fullbokade, och publik i alla åldrar kom för att uppleva något som kändes äkta, en återgång till det som musik alltid handlat om , att beröra människor på djupet. Liv, Samira och Zara var alla delaktiga i turnén, men det var de äldre musikerna som verkligen stal showen. Oskar blev en internationell sensation och fick en ny chans att stå i rampljuset efter årtionden i skuggan. Det blev en påminnelse om att musik aldrig blir gammal, och att talang aldrig bleknar den behöver bara rätt publik.

När turnén var över och de återvände till Sverige kände Mia och Elsa en djup tillfredsställelse. De hade inte bara återupplivat äldre musiker, de hade också återupplivat sitt eget förhållande till musiken. "Retro Revival" fortsatte som ett löpande projekt, med fler musiker som kom i kontakt med dem, och skivbolaget växte både i storlek och i inflytande.

Men det viktigaste var att Mia och Elsa hade hittat tillbaka till den kärlek de alltid haft till musiken, innan framgången och pressen hade kommit i vägen.

"Vi började det här för att vi älskar musik," sa Mia en kväll när de satt i studion efter en lång arbetsdag. "Och nu känns det som att vi har hittat tillbaka till den kärleken."

Elsa log och höjde sitt glas. "Vi har hittat hem."

En ny generation

Med tiden började Mia och Elsa överväga vad nästa steg skulle bli. Skulle de fortsätta driva skivbolaget själva, eller var det dags att börja tänka på framtiden och de yngre generationerna som kunde ta över? De hade alltid varit engagerade i att lyfta fram unga artister och kreativa talanger, och nu började de också tänka på ledarskap. De insåg att de ville se sitt arv leva vidare, även om de själva en dag skulle ta ett steg tillbaka.

De började mentorprogram för unga musikproducenter och entreprenörer, där de delade med sig av sina kunskaper. Alva, som hade blivit en av bolagets mest framstående artister, blev också en viktig del av mentorprogrammet och hjälpte till att coacha nästa generation av musiker.

En dag, när de satt i ett av sina mentorprogram, ställde en ung deltagare en fråga: "Hur vet ni när det är dags att lämna över stafettpinnen?"

Mia tittade på Elsa och log innan hon svarade. "När vi känner att vi har gett allt vi kan och när vi ser att nästa generation är redo att göra något ännu större än vi kunde."

Elsa nickade. "Det handlar inte om att sluta, det handlar om att fortsätta genom andra. Musiken stannar aldrig."

Ett oväntat arv

Månaderna efter att mentorprogrammet lanserats började Mia och Elsa fundera mer och mer på framtiden för det skivbolag de byggt upp. De hade gett sina hjärtan och själar till musiken och kände en djup tillfredsställelse med allt de åstadkommit. Men det fanns en gnagande känsla inom dem båda, som om något fortfarande var oavslutat.

En dag fick de ett oväntat samtal från en advokatbyrå. Advokaten berättade att en gammal bekant, en tidigare kollega från Mias tidigare år i musikbranschen, hade gått bort och lämnat ett ovanligt arv till henne, ett stort gammalt hus i en liten stad på den svenska landsbygden. Huset hade en gång varit en mötesplats för lokala musiker och konstnärer på 70- och 80-talet, ett kreativt centrum som nu var bortglömt och övergivet.

"Jag vet inte vad jag ska göra med det," sa Mia när hon och Elsa satt på kontoret och diskuterade situationen. "Vi har ju redan så mycket på gång."

Men Elsa kunde inte släppa tanken. "Kanske är det precis det vi behöver," svarade hon med ett leende. "En plats där vi kan skapa igen mamma, utan press, utan förväntningar. Bara musik och konst."

111

Efter mycket diskussion bestämde sig Mia och Elsa för att besöka huset. När de kom fram till den lilla staden och såg det stora, vackert slitna trähuset, kände de båda ett lugn till platsen. Det låg precis vid en sjö, omgivet av skog och natur, en perfekt plats för kreativitet och inspiration. Efter att ha gått runt i huset och insupit atmosfären föddes en ny idé, varför inte förvandla huset till ett kreativt kollektiv för musiker och konstnärer? En plats där människor från alla bakgrunder och generationer kunde samlas, skapa tillsammans och utbyta idéer, precis som i de gamla dagarna.

"Det här kan bli något speciellt," sa Elsa entusiastiskt. "En fristad för skapande. En plats där vi kan återfå kontakten med själva essensen av musik och konst, bortom branschen."

Mia tvekade först, men tanken på att ge något tillbaka till musikens värld på ett så personligt och intimt sätt lockade henne allt mer. De bestämde sig för att satsa på projektet och använda sina resurser för att renovera huset och förvandla det till en modern version av ett 70-talsinspirerat konstnärskollektiv. Efter månader av arbete stod huset äntligen färdigt. Det gamla trähuset hade återfått sin forna glans, men med moderna bekvämligheter och en fullt utrustad musikstudio. Ryktet om kollektivet spred sig snabbt i musikvärlden, och snart hade de sina första gäster både unga, hungriga musiker

och äldre, erfarna konstnärer som sökte en plats att
återknyta till sin passion.

En av de första att anlända var en ung singer-songwriter
vid namn Anna, som hade kämpat för att hitta sin plats i
en snabbt föränderlig musikindustri. Hon var blyg och
osäker när hon först anlände, men det dröjde inte länge
innan hon fann sitt självförtroende och började skriva
några av de bästa låtar hon någonsin gjort. Samtidigt
flyttade en äldre jazzmusiker, Hugo, in för att
återupptäcka sin musikaliska gnista efter många år av
kreativ torka. Att se unga artister som Anna hitta sin väg
inspirerade honom, och snart satt han uppe sena kvällar
och spelade piano som om han vore ung igen.

Kollektivet blev en smältdegel av kreativitet, där unga
och gamla, erfarna och nykomlingar, inspirerade
varandra. Mia och Elsa var ofta med, inte som chefer
eller producenter, utan som jämlikar de skapade,
experimenterade och lärde sig tillsammans med de
andra. Trots att Mia och Elsa hade byggt upp ett
skivbolag med stor framgång, insåg de att den sanna
glädjen låg i den direkta, personliga interaktionen med
musiken och människorna bakom den. På kollektivet
fanns inga deadlines, inga krav på hits eller
försäljningssiffror bara skapandet, ren och skär.

En kväll satt de runt en lägereld vid sjön tillsammans
med Anna, Hugo och några andra musiker. Gitarrerna

gick runt, låtar improviserades, och skratten ekade över vattnet. Det var något magiskt i luften, något som påminde dem om varför de en gång hade älskat musiken så djupt.

"Det här," sa Elsa medan hon såg in i elden, "är vad vi alltid har strävat efter. Det är inte framgången eller berömmelsen. Det är detta , den här känslan av gemenskap och skapande."

Mia nickade, djupt rörd. "Vi har skapat något som kommer att leva vidare, långt efter att vi är borta. En plats där musiken aldrig dör."

En oväntad förfrågan

En regnig höstmorgon, medan Mia och Elsa gick längs den grusiga stigen som ledde till kollektivet, vibrerade Mias mobil i hennes ficka. Hon tog upp den och såg ett oväntat meddelande från en av Sveriges största TV-produktioner. De hade hört om det kreativa kollektivet och ville göra en dokumentär om platsen , och om Mia och Elsa själva. Elsa höjde ett ögonbryn när Mia berättade om förfrågan. "En dokumentär om oss?" sa Elsa och skrattade lite. "Det känns märkligt. Vi är inte riktigt den typen av personer som vill stå i rampljuset längre."

Mia nickade, men hon kunde inte låta bli att känna en viss nyfikenhet. De hade alltid varit fokuserade på andra artisters framgång, men deras resa, från tonåringar med stora drömmar till att bli ikoner inom musikbranschen, var en berättelse som ingen riktigt kände till.

"Jag vet vad du tänker," sa Elsa och kastade en blick på Mia. "Och du har rätt. Det kanske är dags att vi berättar vår historia. Inte bara för vår egen skull, utan för att inspirera andra som vill göra något liknande."

Efter några dagars övervägande bestämde de sig för att tacka ja till förfrågan. TV-teamet skulle komma och filma livet på kollektivet, samt intervjua dem om deras resa genom musikbranschen, deras vänskap och vad som drev dem framåt.

När filmteamet anlände till huset började det som en ovanlig upplevelse för Mia och Elsa. Kamerorna följde dem när de gick igenom sina dagliga rutiner, samtal med unga musiker, gemensamma måltider, improviserade jam-sessions. Men snart vande de sig vid kamerorna och insåg att dokumentären kunde visa något som var djupare än bara deras egen historia. Under intervjuerna blev det tydligt hur mycket deras relation som mor och dotter har betytt men också vad deras vänskap hade betytt för deras framgång. När de blickade tillbaka på sina tidiga år , från de första osäkra stegen i musikvärlden, genom alla utmaningar, motgångar och triumfer insåg de hur mycket de hade växt tillsammans.

"Vi har alltid haft varandra," sa Elsa under en av intervjuerna. "Det har varit vår största styrka. Musikbranschen kan vara tuff, men att ha någon att dela allt med, någon som förstår både passionen och pressen, det har varit avgörande för oss."

Mia nickade instämmande. "Vi är som två sidor av samma mynt. Vi har olika styrkor, olika sätt att se på saker, men tillsammans har vi alltid kunnat lösa allt."

Dokumentären började ta form som något mer än bara ett porträtt av två musikentreprenörer. Den blev en berättelse om uthållighet, vänskap och passion , och om hur man kan bygga något stort tillsammans med någon man litar på.

Ett halvår senare var dokumentären klar. Den hade fått namnet **"Melodier genom åren: Mias och Elsas resa"** och skulle ha premiär på en av Sveriges största filmfestivaler. Filmteamet hade gjort ett fantastiskt jobb med att fånga både det personliga och det professionella, och Mia och Elsa kände sig stolta över vad de hade åstadkommit. När de satte sig i den stora biografen för premiären, omgivna av vänner, familj och kollegor från musikbranschen, kändes det nästan surrealistiskt. De hade alltid stått i bakgrunden och arbetat för att främja andra artister, men nu satt de där och såg sin egen berättelse projiceras på en stor duk.

Filmen tog publiken på en resa genom deras liv, från deras första idé som mor och dotter genom deras skapande av skivbolaget och senare det digitala musiklandskapet, till den plats där de nu befann sig med sitt kreativa kollektiv. Den visade inte bara deras framgångar, utan också deras tvivel, misslyckanden och ögonblick. Efter visningen reste sig publiken och applåderade länge. Många kom fram till dem efteråt, tårögda och inspirerade av deras berättelse. En ung kvinnlig musiker sa till dem "ni har visat att det är möjligt att följa sina drömmar, även när det känns som att världen är emot en. Tack för att ni delar er historia." Mia och Elsa log mot varandra. Det var precis det de hade hoppats på , att deras resa skulle kunna inspirera andra att våga gå sin egen väg.

Melodin får dansa vidare

Det var en stjärnklar kväll när Mia och Elsa samlade hela kollektivet för en storslagen fest. De hade bestämt sig för att fira inte bara sina egna resor, utan även alla de talanger som passerat genom huset. Musiken fyllde luften, och skratt och glädje ekade mellan väggarna i det gamla trähuset, som nu kändes mer levande än någonsin. Som kvällen gick och stämningen nådde sin höjdpunkt, tog Mia mikrofonen. "Vi har alla kommit hit för att skapa, för att dela våra drömmar och för att inspirera varandra," sa hon och blickade ut över den samlade skaran. "Men ikväll handlar det om något mer , det handlar om att hylla det arv vi lämnar efter oss."

Elsa tog vid. "Det här huset, den här platsen, har blivit en fristad för oss alla. Vi har byggt något som inte bara är en arbetsplats, utan en gemenskap, en familj. Vi är så tacksamma för att få dela denna resa med er.

Mia och Elsa föreslog att alla skulle skriva ner en låttext eller en tanke om vad musiken betydde för dem och sätta det i en gemensam bok, som en slags tidskapsel. De ville bevara dessa stunder för framtiden, så att kommande generationer av musiker kunde se tillbaka på allt som skapades i kollektivet.

Som natten gick, satt många av musikerna i små grupper och diskuterade idéer. Anna, som nu var en etablerad artist, steg fram och började spela en melodi på sin gitarr. Snart anslöt sig andra, och rummet fylldes av harmonier, improvisationer och sånger. Det blev en magisk stund där alla deltog , det var som om varje röst och varje instrument sammanflätades i en enda, stor melodi. När natten närmade sig sitt slut, tystnade musiken för en stund. Elsa stod upp och föreslog att de skulle avsluta kvällen med en låt som Mia hade skrivit för många år sedan. De började sjunga, och alla i rummet gick med texten handlade om att följa sina drömmar, om vänskap och om kraften i musiken. I det ögonblicket kände Mia och Elsa att de hade lyckats. De hade inte bara skapat en plats för kreativitet, de hade också gett människor verktygen att uttrycka sig, att våga drömma och att tro på sig själva.

Solen gick upp över sjön, och musiken stilla ebbade ut, visste Mia och Elsa att de var redo att lämna över ansvaret för kollektivet till någon annan. De kände sig stolta över vad de hade byggt och visste att det skulle fortsätta leva, blomstra och inspirera, precis som de alltid hade drömt om. De satte sig ner vid sjön, med en känsla av lugn och tillfredsställelse. "Det har varit en otrolig resa mamma," sa Elsa och såg ut över vattnet. "Men det är bara början. Musik kommer alltid att fortsätta, och vi har skapat en grund för så många att stå på."

Mia nickade. "Och vår historia kommer att fortsätta genom dem. Det är vårt arv, en oändlig melodi som fortsätter att spela, oavsett vad som händer."

De skrattade och kramade om varandra, och i den stunden visste de att de alltid skulle vara en del av varandras liv oavsett vad som händer.

Och så, med hjärtan fyllda av hopp och drömmar, såg de mot horisonten, där nya melodier väntade på att bli skapade.

Slutet på en resa, men början på en evig melodi...